Henri Duvernois

L'Amitié d'un grand homme

Biographie

 Le code de la propriété intellectuelle du 1er juillet 1992 interdit en effet expressément la photocopie à usage collectif sans autorisation des ayants droit. Or, cette pratique s'est généralisée dans les établissements d'enseignement supérieur, provoquant une baisse brutale des achats de livres et de revues, au point que la possibilité même pour les auteurs de créer des œuvres nouvelles et de les faire éditer correctement est aujourd'hui menacée. En application de la loi du 11 mars 1957, il est interdit de reproduire intégralement ou partiellement le présent ouvrage, sur quelque support que ce soir, sans autorisation de l'Éditeur ou du Centre Français d'Exploitation du Droit de Copie , 20, rue Grands Augustins, 75006 Paris.

ISBN : 9783967870053

10 9 8 7 6 5 4 3 2 1

Henri Duvernois

L'Amitié d'un grand homme

Roman

Table de Matières

I. — CHEZ LE GRAND HOMME	7
II. — L'IDYLLE	15
III. — LES TRAÎTRISES DU TÉLÉPHONE	20
IV. — LE DÎNER	23
V. — JEUNESSE ÉTERNELLE…	29
VII. — A CREVILLE-SUR-MER	31
VII — LA LEÇON D'AMOUR	35
VIII — L'INTRIGUE SE NOUE	41
IX. — UNE DÉSABUSÉE DE LA GLOIRE	44
X. — TRIOMPHE	46
XI. — LE STRATAGÈME DE Mme JEANSONNET	49
XII. — RENCONTRE	54
XIII. — NOUVEAU MÉFAIT DU TÉLÉPHONE	58
XIV. — L'INGÉNIEUX STRATAGÈME.	64
XV. — COLLABORATION.	67
XVI. — RETOUR AU FOYER CONJUGAL.	71
XVII. — LE BIENFAIT DES DIEUX.	79

I. — CHEZ LE GRAND HOMME

En automobile, pour la première fois depuis bien longtemps, M. Cyprien Jeansonnet livrait à la caresse du vent printanier sa tête auguste et candide, agréablement ronde, classiquement glabre et dont la bouche spirituelle contrastait avec des yeux limpides, d'une tranquille naïveté. Il avait posé son chapeau de soie sur ses genoux et laissait flotter ses longs cheveux gris. Ainsi, tressautant et inquiété par la rapidité de la course, il franchit le boulevard des Capucines, la rue Royale, la place de la Concorde, le pont, et pénétra dans l'ombre studieuse de la rive gauche.

— Ici, dit-il, car c'était son habitude de parler tout haut quand il se trouvait seul, ici l'exil commence et je comprends que l'on se retire dans ces parages quand on a l'intention de travailler. Pour moi, dès que j'ai traversé la Seine, toutes les rues sont un peu de l'Université : je retrouve mes remords d'écolier qui n'a pas fait son devoir et j'ai envie de m'excuser auprès des passants en qui je crois reconnaître mes anciens professeurs. Le fainéant s'est changé en paresseux, voilà tout. Et quel paresseux !…

— Vous dites ? s'écria le chauffeur en tournant vers son client une face apoplectique.

— Rien ! Rien ! se hâta de répondre M. Jeansonnet.

Là-dessus il se couvrit, car la rue Bonaparte est fraîche. Bientôt, la voiture s'arrêta rudement, au bruit définitif d'un levier actionné par une main furieuse. M. Jeansonnet descendit, compta trois francs et vingt-cinq centimes, qu'il remit au chauffeur avec un timide sourire. Puis il vérifia le numéro d'une maison noire et vétuste, s'engouffra sous un porche gigantesque et s'adressa à une concierge qui semblait née avec la maison. La concierge accueillit l'intrus en branlant la tête, comme Si elle répondait non d'avance à toutes ses questions.

— M. Fernand Bigalle ? questionna M. Jeansonnet… Ce n'est pas ici !… Mille pardons, madame… Dans ce cas, vous pourriez, peut-être, m'indiquer ?… Si… c'est ici !… Est-il chez lui ? Non ?…

— Ce que vous êtes pressé ! Attendez donc un peu. Il est chez lui, mais il ne reçoit que sur rendez-vous.

— Je suis le médecin.

— Il est donc malade ?

— Je suis son médecin, précisa M. Jeansonnet, car dans la voie du mensonge il est impossible de s'arrêter.

— Alors, c'est différent. Premier, à droite.

« Orphée allant chercher Eurydice endormit Cerbère au son de sa lyre, monologua le vieillard, en gravissant les vingt marches qui le séparaient de M. Bigalle. J'ai endormi Cerbère, mais vous verrez qu'un autre gardien se dressera devant moi ! » Ce fût un vieux valet de chambre, à l'œil inquisiteur.

— M. Bigalle ? Je viens de la part du propriétaire.

— Entrez. Je vais vous envoyer Mlle Estoquiau, la cousine de monsieur. C'est elle qui s'occupe de ces affaires-là.

Dans le petit salon où il fut introduit devaient stationner les candidats à l'Académie Française, soucieux d'exposer au grand écrivain leur désir et leurs mérites. Les sièges étaient roides, la pendule péremptoire, la cheminée morose comme ces cheminées dans lesquelles on ne fait jamais de feu. Au mur, des lavis dans des passe-partout reproduisaient les scènes principales des œuvres illustrées de Fernand Bigalle, théâtre et roman. Une console Louis-Philippe supportait, outre des revues périmées, plusieurs volumes enrichis de dédicaces admiratives et dont les pages n'étaient pas coupées.

« Je suis, murmura le visiteur, chez le maître de la tendresse, de l'amour... Je ne suis pas chez le dentiste... On s'y tromperait... »

Mais il s'arrêta, et salua :

— Monsieur le secrétaire, sans doute ?

Dans l'entrebâillement d'une portière en tapisserie, un visage se montrait, austère, avec des bandeaux plats, une paire de lunettes et des moustaches noires. La portière s'ouvrit tout à fait, et M. Jeansonnet, terrifié, reconnut qu'il avait devant lui une femme, Mlle Estoquiau, la cousine du maître. Elle ne releva point la méprise et commença d'un ton sec :

— Je ne sais ce qui vous amène, mais je tiens à vous déclarer, d'abord, que les locataires du second font marcher le phonographe jusqu'à des minuits, que la concierge est sourde, aveugle et idiote et que la cuisine a besoin d'un lessivage. Quant à l'escalier de service...

I. — CHEZ LE GRAND HOMME

— Madame, interrompit M. Jeansonnet, il y a confusion. J'ai dû mal m'expliquer. Je ne suis propriétaire que de certaine lettre de jeunesse émanant de M Fernand Bigalle et que je voudrais remettre au maître.

— J'ai déjà entendu parler de ces personnes qui apportent, soi-disant, des lettres de jeunesse... Je n'insiste pas. Écrivez. On vous fixera un rendez-vous. J'ai bien l'honneur.

Ce disant, Mlle Estoquiau poussait M. Jeansonnet vers la sortie. Trop tard ! Fernand Bigalle lui-même apparaissait, tel que l'image l'a popularisé : petit, ventru, chauve, rose, frais et souriant. On le devinait assez préoccupé de son physique, au soin minutieux avec lequel il se rasait, à sa vareuse bien coupée, à son pantalon impeccable, aux souliers vernis qui avantageaient un pied minuscule et cambré. Il ressemblait à Sainte-Beuve, en dandy.

— Monsieur ne vient pas de la part du propriétaire ! glapit la cousine.

— Qu'importe ! répliqua Bigalle, courtois et résigné. Entrez dans mon cabinet.

Quand il se trouvait coincé de la sorte, il faisait contre mauvaise fortune bon cœur, car il tenait à sa réputation de politesse. M. Jeansonnet était, enfin, dans la place.

— Que de mal j'ai eu ! soupira-t-il. Je dois vous confesser mon cher maître, que j'ai menti à votre concierge, à votre valet de chambre et même à mademoiselle votre cousine. En fait de lettre de jeunesse, je n'en ai qu'une de vous. Je la garde comme un trésor. La voici.

M. Bigalle chercha dans un tiroir des lunettes cerclées d'écaille, dont il se servait en secret, les ajusta et lut :

79, RUE ROCHECOUART

11 janvier 1882.

« MONSIEUR ET CHER CONFRÈRE,

« J'ai reçu votre sonnet. Vous êtes un vrai poète. Je suis très flatté de l'honneur que vous me faites en me dédiant un ouvrage aussi parfait de forme que délicat de sentiment. Si vous preniez la peine de passer chez moi, un matin, vers onze heures, je serais ravi de vous serrer les mains. « Votre très oblige et charmé,

« Fernand Bigalle. »

— Il est onze heure, me voici, déclara M. Jeansonnet. Je suis en retard de trente-sept ans ; vous m'excuserez. La faute en est à ma timidité : j'ai toujours remis au lendemain…

— Asseyez-vous donc, dit Fernand Bigalle, en souriant. Vous ne sauriez croire, monsieur, à quel point je suis ému par cette pauvre feuille de papier… J'étais fiancé à ce moment-là… Ma fiancée s'amusait à me servir de secrétaire et elle répondait aux lettres que je recevais en imitant mon écriture… 11 janvier 1882… Elles doivent être bien jolies les filles que mon ex-fiancée a eues avec un négociant plus malin que moi… Ah ! ma vie, mon cher monsieur, ma vie !…

— Pourtant, la plus éclatante réussite…

— La réussite publique est faite de désastres intimes ! Vous êtes poète, vous me comprenez… Je me souviens, maintenant, très bien de votre nom, pour l'avoir lu sur des livres que j'ai beaucoup aimés…

— Je n'en ai pourtant jamais écrit. J'en suis resté à ce sonnet resté inédit et que je vous ai envoyé jadis comme témoignage d'admiration… À vrai dire ma spécialité était surtout l'épigramme. Très doux de ma nature, doux jusqu'à la faiblesse, je deviens, par une bizarre contradiction, méchant dès que je tiens une plume. J'ai donc cessé d'écrire pour rester un brave homme…

— C'est un cas de dédoublement assez fréquent, remarqua Fernand Bigalle. J'ai connu des auteurs de bucoliques qui étaient, dans le privé, des messieurs assez féroces. Alors, vous ne m'apportez pas un petit manuscrit ?

— Pas le moindre. Mais croyez que je ne me serais pas permis de vous déranger pour satisfaire une vaine curiosité. Le but de ma visite est tel, mon cher maître, que je tremble de vous l'exposer. Je fais appel à toute votre indulgence. Il dépend de vous que je parte d'ici heureux ou désespéré. Rassurez-vous, il ne s'agit pas d'argent.

— Je vous écoute.

M. Jeansonnet respira largement, regarda autour de lui et reprit courage : Si le salon d'attente était funèbre, le cabinet de travail était fort gai et baigné d'une indulgente lumière. Des tableaux clairs et

I. — CHEZ LE GRAND HOMME

des livres brochés l'illuminaient. La grande table, méticuleusement rangée, se parait d'une touffe de roses. Tout semblait combiné pour faire oublier ce travail d'écolier qu'est le travail d'un écrivain ; les outils : plume, encrier, papier, étaient cachés avec soin.

— Maître, dit M. Jeansonnet, je viens vous demander de venir dîner, le 20 septembre, chez M. Gélif, ancien chaudronnier, et de m'y traiter comme si j'étais, pour vous, un vieil ami.

Fernand Bigalle ne sourcilla point.

— Mais comment donc ! répondit-il. J'accepte avec le plus grand plaisir. Permettez-moi de prendre note sur mon agenda… N'êtes-vous pas pour moi un vieil ami, puisque nos relations remontent à trente-sept ans ?… Ce M. Gélif, ancien chaudronnier m'est déjà tout sympathique. A quelle heure le dîner ? En habit ? En smoking ? N'oubliez pas, au moins, de me donner l'adresse… Êtes-vous content ?

— Non, répliqua M. Jeansonnet. Hélas ! La célébrité a ses inconvénients. On vous connaît, mon cher maître. On sait que pour l'urbanité vous rendriez des points à M. de Coislin, l'homme le plus poli de France ; mais on sait aussi quelle est votre méthode !… A partir de ce jour, mon signalement sera donné à toute votre domesticité et il me deviendra impossible de vous joindre.. Le 12 juin, les Gélif vous attendront en vain. On mettra tout cela sur le compte de là distraction inséparable du génie, ou l'on m'accusera de maladresse.

— Je n'ai pas mérité cette réputation ! sourit Bigalle, mais pourquoi est-il si important que j'aille dîner le chez ces personnes ? Y mange-t-on bien, au moins ?

— J'y veillerai. Vous serez assez bon pour m'indiquer vos préférences… Maintenant, par quelle suite de circonstances ai-je été amené à revêtir cette tenue solennelle, à monter dans une voiture mécanique et à vous importuner de la sorte ? Voilà : Sachez qu'il y a quinze ans, j'étais marié. J'habitais avec ma femme un petit hôtel, rue Cortambert, avec petit jardin, petites chambres à coucher et salons énormes, une de ces demeures où, selon l'expression des architectes, tout est sacrifié à « la réception ». Vous- devinez le reste. Tout était sacrifié à la réception, en vérité, et même mon repos. Les gens défilaient si vite chez nous que j'avais la sensation de camper dans le courant d'air d'un vestibule. Je comptais beaucoup d'amis malveillants, je me vengeais d'eux en les criblant d'épigrammes qui, à force de circuler sous le manteau, finissaient par leur revenir. Ma femme est douée d'un timbre de voix très aigu et qu'elle exagère encore, car il paraît que le bon ton est perçant. J'eus tout à coup des migraines si intolérables, que je dus partir. Je laissai tout à ma femme : l'hôtel, les amis, ma bibliothèque et mon argent, sauf une somme rigoureusement suffisante pour m'empêcher de mourir de faim… Le genre artiste !… Mais les premières semaines de pauvreté furent exquises. La pauvreté a du charme quand elle rime avec la liberté. Je louai une mansarde boulevard des Capucines, sous les toits, avec un balcon où je disposai des capucines, fleur charmante et qui symbolise la flamme d'amour. J'ai du ciel, les bruits d'en bas ne m'arrivent qu'en sourdine. L'action n'est qu'un accompagnement à mon rêve. Ma mansarde, dans cette maison du boulevard fiévreux, c'est le poète qui reste au plus noir de la foule en levant haut la tête et en respirant une fleur. Je dispose exactement de trois cent soixante-quinze francs par mois. Mais j'ai un cœur, et un estomac… J'en arrive à l'objet de ma visite, comme dit Madame votre concierge. Nous avons tous, parmi nos relations anciennes, un imbécile à qui nous restons attachés parce qu'un imbécile même peut représenter à nos yeux le passé et que nous lui sommes reconnaissants de ce qu'il évoque en nous. Ne m'avez-vous pas regardé tout à l'heure avec moins d'indifférence, parce que j'avais reçu en 1882 une lettre de la main de mademoiselle votre fiancée ? Vous ne pourrez plus me voir sans retrouver sur mon vieux visage un reflet de votre jeunesse… Mon imbécile à moi se nomme Alfred Gélif. Nous, avons fait nos classes ensemble. Il est le dernier «homme que je tutoie. Il tient à moi par habitude ; je tiens à lui par sentiment. Gélif est marié. Mme Gélif me supporte surtout parce qu'elle haïssait ma femme et qu'elle n'est point, encore rassasiée.de la joie qu'elle éprouve à me voir séparé d'elle. Il y a une faculté de haine que l'on ne soupçonnerait pas chez des personnes grasses et qui semblent, au premier abord, douillettes et amies dé leur repos. Mme Gélif hait surtout et avant tout Mme Carlingue, femme de l'ancien associé de son mari. Deux camps adverses se sont formés. Il y a les Gélifiens et les Carlinguâtres ! Je suis Gélifien. Ma femme est Carlinguâtre. J'abrège. Vous avez assez le sens du comique pour apprécier la saveur de ces luttes bourgeoises. Gélif, après avoir brillamment passé son baccalauréat, retroussa ses manches et devint, sans transition, un excellent, un merveilleux

I. — CHEZ LE GRAND HOMME

chaudronnier. Chassez le naturel, il revient au galop ! Le cas de mon ami ressemble à celui du Fuégien Jemmy Button qui, amené enfant en Angleterre, retourna dans son pays, vêtu en gentleman éduqué, et redevint aussitôt sauvage parmi les sauvages. Dés événements surgirent, propices à la chaudronnerie et à ses succédanés. Gélif fut millionnaire avant d'avoir eu le temps d'abaisser ses manches. Il a un fils qui ressemble à son père adolescent et que j'aime beaucoup. Que vous dirais-je, mon cher maître ? Quand j'ai confectionné pendant six jours mon humble fricot, j'avoue que je suis bien aise de me reposer le septième chez les Gélif. Je suis beaucoup trop vieux et trop maniaque pour chercher ailleurs… Enfin, je n'ai plus qu'eux !… Et maintenant, nous touchons au drame.

M. Jeansonnet, ému, se moucha, toussota et reprit :

— Ma femme avait ce que l'on est convenu d'appeler un salon, composé par moi vaille que vaille, avec des inventeurs aigris, des auteurs dramatiques méconnus ou oubliés, des peintres tombés dans le courtage en vins, des ingénieurs pianistes, des hommes du monde ténorisants et des ténors hommes monde. Dès que les Gélif eurent assis leur fortune, ils voulurent lui assurer une cour et avoir leur salon. Mme Gélif y met depuis quinze jours une passion déchaînée. Elle veut un salon, il lui faut un salon, et de premier choix. Hier, comme j'arrivais chez eux pour dîner, Alfred me prit à part et me confia d'un .ton embarrassé : « Je suis chargé pour toi d'une commission de la part de ma femme. Nous sommes de vieux copains ; je ne me gênerai pas avec toi. Mon bon Cyprien, tu as commis une imprudence en citant l'autre soir chez nous un mot de Renan disant à propos de son intimité avec Berthelot qu'ils ne s'étaient jamais demandé un service et que l'amitié, pour être pure, devait rester désintéressée. Cette citation a révolté Mme Gélif qui t'a traité d'égoïste, racorni par de mauvaises lectures. Là-dessus, elle m'a fait remarquer assez justement que le contrat affectueux qui nous liait, toi et moi, demeurait unilatéral. Nous ne te demandons pas, avec tes trois cent soixante-quinze francs par mois, de nous rendre les dîners que nous sommes trop heureux de t'offrir ; mais il nous semble que tu pourrais suppléer à l'argent qui te manque par un peu d'ingéniosité. Mme Gélif a donc décidé de te mettre à contribution. Elle désire un salon, mais nos moyens nous permettent de nous payer ce qu'il y a de mieux à Paris et de trier sur le volet, ce que ne font pas les Carlingue qui reçoivent n'importe quoi, pourvu qu'il y ait cohue. Mme Gélif compte avoir le gratin, le dessus du panier, la fleur des pois. Nous avons besoin pour cela d'un homme-phare, un seul, un as, autour duquel les autres ne tarderont pas à se grouper, comme chez Mme Récamier les astres de moyenne grandeur se groupaient autour.de Châteaubriand. Qu'est-ce qui se fait de plus chic comme écrivain aujourd'hui ? Réponse à l'unanimité : Fernand Bigalle. Tu nous a dit un jour que tu le connaissais fort bien. Il faut, tu m'entends, que tu nous l'amènes. Ce n'est pas facile ? Rien n'est impossible à quelqu'un qui veut s'en donner la peine… J'en arrive à la partie la plus pénible… Mon vieux Cyprien… ma femme s'est fourré dans la tête que si tu ne réussissais pas, ce serait de ta faute… par mollesse… par insouciance… par ta façon un peu nonchalante de comprendre les devoirs de l'amitié… Alors, elle m'a chargé de te signifier que… si tu refusais de nous rendre ce service… elle ne serait pas contente… non… elle ne te reverrait pas volontiers… »

Bien que la carapace de Gélif soit dure, je m'aperçus que ces derniers mots lui coûtaient et il les prononça d'une voix blanche, en passant son mouchoir sur son front. Je me hâtai de le rassurer : « Sois tranquille, je tenterai l'impossible… j'essaierai de vous prouver que je puis être débrouillard à l'occasion… C'est le mot : débrouillard !… Je t'aime bien… tu as, malgré tout, conservé un peu la forme du gentil camarade qui a été mon compagnon de collège. J'affronterai Bigalle. » Maintenant, mon cher maître, je remets mon sort entre vos mains.

— Est-ce qu'il faudra aller dîner toutes les semaines chez les Gélif ?

— Mettons tous les mois.

— Vous avez ma parole, cher et vieil ami. En habit ?

— Si ce n'est pas trop vous demander. Et n'oubliez pas la rosette…

— Vous viendrez me chercher.

— Que de reconnaissance ! J'espère que vous ne regretterez pas trop…

— Je suis sûr du contraire ! Sylvie ! Sylvie ! Ah ! vous voilà, Sylvie. Nous venons de renouer connaissance, M. Jeansonnet et moi. Désormais, M. Jeansonnet est ici chez lui !

— La vie est belle et vous êtes le meilleur des grands écrivains ! conclut M. Jeansonnet avec extase, en brossant son chapeau à rebrousse-poils...

II. — L'IDYLLE

M. Jeansonnet voltigea plutôt qu'il ne courut en sortant de chez Fernand Bigalle. Pour la première fois de sa vie, il s'était montré débrouillard et il en concevait une fierté intense. Tout en galopant, il exprimait ses pensées, à la stupéfaction des passants : « J'ai manqué ma vocation... j'aurais peut-être fait un grand acteur... ou un homme d'action... C'est facile; au fond... quelques mensonges anodins... « Je suis médecin... » « Je viens de la part du propriétaire »... Axiome : il n'y a pas de portes fermées ; il n'y a que des portes qu'on ne sait pas ouvrir... Pardon, monsieur... Je ne voudrais pourtant pas me faire écraser maintenant... Victoire ! Victoire !... « Madame Gélif, j'ai le plaisir de vous annoncer que, le 12 juin, votre table sera présidée par mon ami Fernand Bigalle... » Une idée : je vais apprivoiser Madame Gélif avec des roses ! j'ai du génie, moi aussi, ce matin... Non, non mon petit garçon, ce n'est pas à vous que je parle... »

Il entra chez un fleuriste et emporta une botte de roses. Ainsi galamment pourvu, il étonna le valet de chambre des Gélif qui lui dit : « Je crois que monsieur n'était pas attendu pour déjeuner.» Il franchit une première pièce dénommée la chambre des cuivres et qui surprenait en éblouissant, comme une boutique de dinanderie, il franchit le salon Louis XV aux ors agressifs et le salon moderne, cauchemar funèbre.

— Alfred, interrogea-t-il, es-tu visible ?

Il n'attendit pas la réponse. M. Gélif était assis dans sa chambre, contre la fenêtre, devant une table minuscule. M. Gélif était un ogre, tout en barbe, en sourcils et en cheveux d'un noir d'encre. Sa main gauche trempait dans un bol. Une vieille petite dame se penchait sur sa main droite.

— Mon Dieu, s'écria M. Jeansonnet, tu t'es blessé, Alfred ?

— Non, répondit M. Gélif, madame est manucure... Madame Bajoyer...

Mme Bajoyer salua sans interrompre sa besogne.

— C'est difficile, dit M. Gélif, de les avoir, mes ongles… Oh ! je me rends compte…

— Monsieur Gélif, opina Mme Bajoyer, vos ongles n'avaient pas l'habitude, voilà tout…

— Et puis, dans mon métier, j'ai mis souvent la main à la pâte… autrefois…

— J'en ai eu d'autres ! J'aurai ceux-là. Il ne faut qu'un peu de temps, de la patience et de l'entretien. J'ai eu les ongles d'un ancien teinturier qui mettait lui aussi la main à la pâte et qui, maintenant, a le moyen de mettre de la pâte sur ses mains. Il passe des gants gras pour dormir. Tâchez d'en faire autant ; ça gêne, les premières nuits, mais ensuite on ne peut plus s'en passer. Maintenant, mon teinturier étonne tout le monde en jouant au bridge. C'est très avantageux de jouer aux cartes quand Mme Bajoyer est passée par là ! Le pire, et je dirai même le plus pire, c'est les dames qui s'occupaient de leur ménage. Vous n'imaginez pas ce qu'il faut de soins pour effacer l'eau de Javel… S'il vous plaît, M. Gélif, ce n'est pas le tout de tremper ; il faut surtout ne pas arrêter de frotter les autres doigts avec le pouce. Soyez tranquille : on les aura ; on les aura. D'autant que M. Gélif a ce que nous appelons une main de grand seigneur : bien solide, bien large avec des ongles sur lesquels on peut travailler et qui révèlent par leur épaisseur que monsieur vivra très âgé. Je travaille quelquefois sur des ongles qui me donnent envie de pleurer, tant ils sont minces et fragiles.

— Madame Bajoyer, interrompit M. Gélif, qui regardait la manucure avec l'anxiété d'un patient devant le chirurgien, vous serez bien aimable de ne pas me repousser les peaux aujourd'hui ; j'ai les doigts sensibles encore de la dernière fois ; cela me fait un peu mal…

— Je repousserai les peaux, émit Mme Bajoyer avec autorité, car il faut que je découvre la demi-lune. Tout ongle confié à Bajoyer porte sa demi-lune comme signature et vous ne ferez pas exception… En voilà une sensitive ! Voulez-vous avoir une main, oui ou non ? Monsieur grondez votre ami : il est là à se plaindre que je le chatouille ou que je lui fais mal. Le moyen de travailler, dans ces conditions-là ! Il n'y a que le polissoir qui l'amuse.

II. — L'IDYLLE

— J'aime que ça reluise, confia M. Gélif, question de métier. Quel bon vent t'amène, Cyprien ?

M. Jeansonnet prit un temps, comme au théâtre, et lança :

— J'ai vu Bigalle. Ça y est.

— Quoi ? Ça y est ? Il viendra ?

— Il viendra le 12 juin dîner chez vous.

— Tu en es sûr ?

— Il m'a demandé de passer le prendre chez lui.

À ces mots, M. Gélif sortit sa main gauche du bol, arracha sa main droite à l'étreinte de la manucure, se leva et bondit en criant : « Augustine ! Ça y est ! Il viendra ! Il viendra ! »

— On a beau avoir des ongles bien disposés, regretta Mme Bajoyer en se retirant, si on les traite ainsi, on ne peut plus rien obtenir d'eux ! Moi, je m'en lave les mains, comme on dit.

Elle disparut et Mme Gélif fit son imposante entrée. Il fallait une aussi majestueuse épouse à M. Gélif pour que ce Barbe-Bleue n'eût pas l'air de martyriser sa conjointe. Au contraire, quand ils étaient ensemble, c'était lui qu'on plaignait, car elle était vraiment puissante et redoutable. Elle tendit un doigt à M. Jeansonnet, accepta les roses avec condescendance et énonça quelques doutes :

— Ne nous emballons pas. Je me réjouirai le douze juin, quand Fernand Bigalle sera ici. Jeansonnet a le tort de prendre trop souvent ses désirs pour des réalités. Je ne crois que ce que je vois. Ainsi, j'évite d'amères désillusions. Cela ne m'empêchera pas de lancer nos invitations.

Ils s'y mirent tout de suite. Et Lucien Gélif vint les aider. C'était un très tendre et très malicieux jeune homme. Il appelait M. Jeansonnet « parrain ». Sa présence faillit tout gâter, car il écartait un à un tous les convives proposés par son père et par sa mère : « Les Mazuche ? Vous n'y pensez pas ! Ils demanderont à Bigalle s'il n'a pas donné son nom à la place… Les Mustif ? Le mari conte des anecdotes d'almanach… Les Jazeran ? Mme Jazeran ne manquera pas d'interroger Bigalle sur ses gains de l'année et les inconvénients de la morte-saison !… »

Ils finirent, cependant, par établir une liste de quatorze invités, dont une jolie femme, que l'on placerait à la droite du maître. Après quoi, Mme Gélif déclara :

— Jeansonnet, nous ne vous retenons pas. Alfred et moi, nous déjeunons en ville.

— Eh bien ! moi, s'écria Lucien, j'emmène mon parrain au cabaret ! Ils déjeunèrent dans un restaurant fameux, puis entrèrent dans le cours de danses. M. Jeansonnet admira l'application émue des élèves. Le professeur s'adressa à Lucien :

— Vous allez, lui dit-il, faire danser une nouvelle qui a d'excellentes dispositions, mais qui n'a pas encore assez confiance. La voici. Et, sans se douter qu'il était l'instrument même du destin, il présenta Lucien à une ravissante jeune fille :

— Monsieur Gélif. Mademoiselle Suzanne Carlingue. Ils restèrent quelques secondes interdits en face l'un de l'autre. Le pauvre homme qui jouait du piano, tiraillé entre des « plus vite ! » et des « moins vite ! » qui fusaient de toutes parts, s'était arrêté.

— Suzanne, murmura Lucien, c'est donc vous !...

— Nous pouvons danser ensemble, maman ne viendra me chercher que dans une heure.

— Elle ne me mangerait tout de même pas !

— Non, mais, moi, elle me dévorerait ! Pensez donc !...

— Je ne vous aurais pas reconnue...

— J'avais sept ans quand nos parents se sont fâchés !

— Moi, dix. Dansons, Suzanne. Reconstituons la raison sociale Gélif et Carlingue au son de *Clarisse,*

— Dire que nous plaisantons sur un sujet qui a terrifié mon enfance !

Quand M. Jeansonnet apprit de Lucien l'identité de sa danseuse, il frémit et présenta des objections. Si l'on savait ! On ne manquerait pas de l'accuser de complicité. Lucien le rassura et revint bientôt à Suzanne.

— Quel dommage, soupira-t-elle, que nos parents se soient brouillés ! Nous allons avoir un salon très intéressant. D'abord, Lanourant, le grand compositeur, nous a promis de venir. Et nous espérons avoir aussi Fernand Bigalle. J'ai tant d'admiration pour lui ! C'est très amusant d'organiser un salon ! Père se donne un mai ! Figurez-vous...

Elle s'arrêta :

— Je vous en ai déjà trop dit, Lucien ; j'oubliais…

— Une confidence en vaut une autre, Suzanne. Fernand Bigalle est à nous ! Gardez ce secret.

— Je vous le jure, Lucien. Quoiqu'il advienne, promettez-moi que vous ne croirez jamais que je vous ai trahi. Je sais que l'on va faire l'impossible à la maison pour que Bigalle vienne au moins une fois… Elle ne put s'empêcher de sourire en songeant aux trésors de ruse que dépensait Mme Carlingue pour séduire le grand homme. Ayant appris que Mlle Estoquiau, intendante du grand écrivain, était née à Gréville-sur-Mer où elle avait encore des parents — M. Mâchemoure quincaillier, M. Trastravat, agent de location et Mme Trastravat, — Mme Carlingue venait de décider de passer la saison sur cette plage. Elle espérait arriver au maître par cette voie détournée.

— Ce qui serait amusant, insinua Lucien à Suzanne, ce serait de nous retrouver au bord de la mer. Où irez-vous ?

— Nous n'irons pas au bord de la mer, balbutia Suzanne, non, nous irons à Aix-les-Bains, je crois, ou à la Bourboule. Ce mensonge lui coûta, car elle trouvait Lucien charmant, un peu par esprit de contradiction et aussi parce que les malheurs de Roméo et Juliette l'avaient toujours émue aux larmes.

M. Jeansonnet, qui observait tout cela de son coin, voyait naître sous ses yeux un roman ingénu, auquel il eût Collaboré de tout son cœur, s'il n'avait pas jugé cette collaboration superflue. Vers quatre heures, il se précipita dans la pièce où bostonnaient les jeunes gens et leur glissa : « Mme Carlingue arrive.» Trop tard ! Mme Carlingue était là, toute en or, en chinchilla, en perles et en plumes de paradis. Suzanne salua Lucien cérémonieusement et se retira, suivie de sa mère, qui lui demanda :

— Comment s'appelle ce monsieur ?

— Plutarque, répondit Suzanne au hasard.

— Si c'est un parent de l'écrivain, répliqua bonnement Mme Carlingue, tu pourras l'inviter à nos petits jeudis*

Car le premier et le dernier jeudi du mois étaient Consacrés au menu fretin, les deux autres aux invités de marque. Mme Carlingue réfléchit un moment et corrigea :

— S'il peut nous amener son parent, qu'il vienne à un grand jeudi, bien entendu.

III. — LES TRAÎTRISES DU TÉLÉPHONE

Le 10 juin au matin, Mme Carlingue qui, paradoxale comme beaucoup de blondes, adorait se déguiser en japonaise, vêtue d'un kimono à la large ceinture et au nœud papillon, les cheveux entortillés dans des bigoudis, prenait son premier déjeuner en compagnie de son époux. Le minuscule M. Carlingue avait l'air d'un éphèbe desséché, d'un monsieur qui aurait pressé sa jeunesse entre deux feuilles d'un gros dictionnaire pour la garder toujours, mais pâlie et laminée, en souvenir d'anciens printemps. Ce jeune homme momifié dégustait d'un excellent appétit des rôties tartinées de confiture, quand la sonnette du téléphone retentit. Mme Carlingue alla à l'appareil, écouta, dit : « Je vais voir », et revint à son mari en donnant les signes de la plus vive agitation.

— On demande Mme Gélif ! s'écria-t-elle.

— Il y avait longtemps ! remarqua M. Carlingue.

Il avait conservé le numéro de téléphone de la maison Gélif et Carlingue. De vieux annuaires prêtaient à confusion ; un annuaire mondain s'obstinait à perpétuer l'erreur. Une ou deux fois par an, Mme Carlingue répondait aux lieu et place de Mme Gélif, dans l'espoir de surprendre quelque secret. Jusque-là, les communications avaient manqué d'intérêt : un bottier sollicitait un délai pour la livraison d'une paire de souliers, un invité s'excusait d'être empêché au dernier moment, à son vif regret…

— Ferme la porte à clef, commanda Mme Carlingue, et prends l'autre récepteur. On va peut-être rire, cette fois. Elle revint au téléphone.

— Allô ! qu'y a-t-il ?

Une voix répondit :

— Madame, vous voudrez bien nous excuser. C'est la maison. Leniotte et Brevet. Il s'agit du dîner que vous avez commandé pour le douze juin.

— Il y a erreur, fit Mme Carlingue, sans hésiter ; le dîner n'a pas lieu le douze juin, mais le quatorze juillet.

— Oh ! madame, que de pardons !… La personne qui a pris votre

III. — LES TRAÎTRISES DU TÉLÉPHONE

commande est toute nouvelle dans la maison. Nous disons pour le quatorze juillet, huit heures ?

— Huit heures, confirma Mme Carlingue, au comble de la joie.

— Mathilde, tu exagères, reprocha son mari. Et il raccrocha son récepteur pour ne point donner sa complicité à une mystification aussi déloyale.

Mais Mathilde lui fit, de sa main restée libre, ce geste en pince qui préconise le silence.

— Nous ne pouvons pas, reprit la maison Leniotte et Brevet, vous garantir les barquettes d'écrevisse à la diable.

— C'est bien ennuyeux ! regretta Mme Carlingue.

— Nous sommes les premiers désolés, vu que nous savons que vous attachez beaucoup d'importance à ce dîner et que vous nous l'avez recommandé spécialement. Au cas où les barquettes seraient absolument impossibles, voulez-vous des côtelettes de saumon au paprika ou du turbot bouilli sauce mousseline ?

— Le saumon me paraît préférable, opina Mme Carlingue. •— Nous en étions sûrs, étant donné le goût de madame. Alors, je répète : trente couverts, melon glacé, consommé Mireille, côtelettes de saumon au paprika, truite Leniotte, noisette de pré-salé Béatrix, filets de poulets au Xérès, caneton de Rouen au sang, salade duchesse, asperges d'Argenteuil sauce Chantilly, petits soufflés glacés au kummel, paniers de friandises. Faut-il envoyer des fruits ?

— Certainement. Je compte bien sur vous. Le quatorze juillet : c'est facile à retenir.

— Il n'y a pas d'erreur à craindre cette fois. Madame, je me permettrai de vous appeler de nouveau dans dix minutes pour avoir confirmation. Nous nous méfions du téléphone ; on profite, parfois, d'une erreur de numéro. Il y a des mauvais plaisants partout et des personnes profitent lâchement de ce qu'on ne les voit pas. Nous vous dérangerons encore tout à l'heure.

— Entendu. Bonsoir.

— Je m'amuse comme une folle ! jubila Mme Carlingue en retournant à son thé et à ses toasts ! La tête des Gélif, le douze juin, avec leur trente invités et pas de dîner ! Vois-tu, Adolphe, la méchanceté est toujours punie…

— Je ne t'approuve pas, riposta Adolphe. Certes, la plaisanterie est drôle, mais elle est un peu forte et il sera facile de nous découvrir, grâce au numéro de téléphone. Je ne sais pas même jusqu'à quel point tu ne t'exposes pas à des poursuites judiciaires.

Mme Carlingue, d'un geste dramatique, prit le plafond à témoin de son martyre :

— Voilà l'homme ! Voilà tout l'homme ! Il ne me donne aucune occasion de me distraire. Il refuse d'aller dans les petits théâtres, parce que ce n'est pas de sa dignité. Il m'empêche de danser, non parce qu'il est jaloux — ce serait trop beau ; ce serait sortir un peu de la monotonie ! — mais à cause de ma fille, comme si je n'avais pas l'air de sa sœur aînée, avec ma taille ! Il m'impose des amis à lui qui empoisonnent la maison avec leur tabac caporal. Et, pour une fois que j'ai une occasion de me divertir et de me venger !... Remarquez qu'il déteste les Gélif, mais il a peur, il tremble, parce que Gélif est plus fort que lui ! Si tu avais du sang dans les veines, vingt fois tu l'aurais traîné sur le terrain. Tiens, hier encore, hier encore Mme Pastrement m'a appris que Gélif te surnommait le ludion.

— Qu'est-ce que c'est ?

— Je n'en sais rien, mais Mme Pastrement était révoltée.

— Cherche le dictionnaire... Voyons : Ludie, Ludine, ludion : « Petite figure grotesque, à grosse tête, plongée dans une bouteille d'eau et qu'on peut à volonté faire descendre ou remonter... »

— Écoute, le téléphone va sonner... que dis-je ? Il sonne. Il en est temps encore. Je confirme ou je ne confirme pas ?

Fouetté par sa compagne, M. Carlingue ouvrit les bras, indécis.

— Allô ! dit Mathilde... Oui, c'est bien moi... Bon... Oui, oui... je confirme... le quatorze juillet ; mais je vous prie de ne plus me déranger... Bonsoir ! Mme Carlingue esquissa un petit pas fantaisiste, alla à son époux et le baisa au front.

— Va, fit-elle avec indulgence, va vendre tes casseroles et tes daubières, mon pauvre Bibi. Tu n'es bon qu'à cela. Et laisse-moi la direction de nos affaires mondaines. Tu n'y connais rien. Tu ne sais pas t'amuser. Tu vois petit. Ce n'est pas de ta faute : tu as eu des commencements difficiles. Quand on a eu des commencements difficiles, on voit toujours petit. Eh bien, file... tu restes là, planté sur tes jambes. Je t'hypnotise ?

M. Carlingue contemplait, en effet, sa femme, avec une admiration où entrait un peu d'effroi.

IV. — LE DÎNER

Le grand jour arriva. Ce fut, pour le commun des mortels, un jour comme un autre. Mme Gélif estima qu'il était tout revêtu de solennité et que les dieux bienveillants avaient voulu, spécialement pour son dîner, que le ciel fût clément, pur de toute menace, l'air sans lourdeur et qu'il ne fît ni trop chaud ni trop froid. De ce côté, tout allait bien. De sept heures du matin à quatre heures de l'après-midi, M. Gélif, prévoyant la tornade, ne parut point. A quatre heures, il trouva sa femme en proie à toutes les affres de l'inquiétude.

— Leniotte et Brevet sont en retard, confia-t-elle à son mari. Leur cuisinier devrait déjà être là. Ne nous énervons pas, de grâce. Je vois déjà que tu t'énerves ; cela ne manquera pas de me gagner et je serai folle. Occupe-toi de cet idiot de Jeansonnet. Il serait capable d'oublier d'aller chercher le maître. Du sang-froid. Tu te charges de Jeansonnet. Prête-lui l'automobile. Je crois que je ne te demande pas un effort au-dessus de ton intelligence ? Moi, je vais chez Leniotte et Brevet. Je leur dirai ma façon de penser. Ou plutôt, non… Nous avons besoin d'eux… Je me réserverai de leur envoyer leurs quatre vérités en payant la note. Demande aussi à ton comptable d'inscrire les noms des invités sur de petits bouts de carton. Cela se fait. On ne se donne plus le bras pour passer dans la salle à manger ; on passe en vrac. Il faut que cela soit à la fois luxueux et à la bonne franquette. J'ai préparé une note pour les journaux : « Dîner intime, suivi de causerie, chez Mme et M. Alfred Gélif. Remarqué parmi les convives : le maître Fernand Bigalle, de l'Académie Française ; M. et Mme Garbotte ; Mlle Pellicault ; M. et Mme Roboarn ; M. Raymond ; M. et Mme Chevêtrier ; M. et Mme Maubèche ; M. Espaure ; Mme Taurine ; M. et Mme Grinelle ; M. Bernache ; M. Roquetin, etc… »

— Quels sont les « et cætera » ?

— Mme Pétaminaire, qui a un nom ridicule, et Jeansonnet, qui est bien assez vaniteux pour ne pas avoir besoin de lire son nom dans les feuilles.

— Mets-le tout de même.

— Soit. Je n'ai pas le temps de discuter. Mais laisse-moi te dire qu'il est un peu agaçant, dans notre situation, de publier une liste pareille, qui a l'air d'avoir été prise dans le Bottin.

— Ce sont nos amis.

— Inutile de le répéter ; je le déplore assez.

Chez Leniotte et Brevet, Mme Gélif frémit des rentrée. La boutique était silencieuse. La dame de la caisse lisait son feuilleton. Une demoiselle de comptoir s'amusait à réaliser la villa de ses rêves, avec des petits fours secs. Des mouches précoces se régalaient.

— Eh bien ! s'écria Mme Gélif, j'attends, moi ! Son accent était tel que la dame de la caisse sursauta et que la demoiselle de comptoir, d'un geste nerveux, fit s'écrouler le fragile édifice.

— Mais, madame, bégaya la patronne, vous m'avez téléphoné que le dîner était pour le quatorze juillet.

Désastre ! L'explication fut brève. Mme Gélif s'enquit de l'annuaire dans lequel on avait cherché son numéro de téléphone, pâlit de rage, murmura : « C'est bien. Je la repincerai ! » et, telle un grand capitaine, tâcha de faire tourner sa défaite en victoire. Elle fut aidée par M. Brevet en personne, qui parut, bouleversé, dans l'uniforme de sa profession, le bonnet blanc penché sur la tête.

— Laissez-moi agir, décida-t-il. J'y perdrai mon nom et même de l'argent, mais vos invités ne s'apercevront de rien. Il est cinq heures moins le quart. Rentrez tranquillement chez vous. À huit heures, je vous servirai un dîner merveilleux. J'ai l'habitude de ces tours de force. J'ajouterai même, à titre de dédommagement, des sorbets Bagration et des fraises rafraîchies à la Chantilly. Ah ! si je pouvais seulement savoir quels sont les bandits qui nous ont joué ce tour-là !

— Je peux vous l'apprendre, répliqua Mme Gélif, c'est M. et Mme Carlingue.

— De la rue Tronchet ?

— Oui. Demain nous nous entendrons et nous déposerons une plainte contre eux.

— Ce sont aussi de bons clients, murmura M. Brevet, faiblissant.

— Léopold, on pourrait leur dire qu'il ne faudrait pas s'amuser

IV. — LE DÎNER

avec des choses aussi sérieuses, opina Mme Brevet.

— Je me charge d'eux, conclut Mme Gélif et je me passerai de votre concours. Que tout soit bien réussi ce soir, c'est l'essentiel. Il y va de votre réputation.

Pour faire descendre le sang qui lui incendiait le visage, Mme Gélif rentra à pied en méditant des projets de vengeance, heureuse, d'ailleurs, comme un joueur de poker qui a éventé un bluff. Tandis qu'elle souriait à diverses combinaisons, M. Jeansonnet préparait sa toilette de gala, en répétant les vers de la *Bonne soirée* :

> C'est bal à l'ambassade anglaise ;
>
> Mon habit noir est sur la chaise,
>
> Les bras ballants ;
>
> Mon gilet bâille et ma chemise
>
> Semble dresser pour être mise
>
> Ses poignets blancs.

— Ah ! vieux fou, pensait-il tout haut, ne ferais-tu pas mieux de rester ici avec tes amis les moineaux et quelque bon livre, au fond de ton fauteuil, en robe de chambre et en pantoufles !

Il trouva, l'attendant, l'automobile des Gélif et débarqua chez Bigalle où il se cogna dans Mlle Estoquiau.

— Vous désirez, monsieur ? interrogea cette personne, sans aménité

— Mais, mademoiselle, c'est aujourd'hui le 12 juin.

— Sans doute, monsieur. Et après ?

— Je viens chercher le maître, pour dîner.

— Pour dîner ?

— Oui, chez les Gélif… C'est bien entendu. Il l'a noté sur son agenda.

— Monsieur, mon cousin regrettera infiniment.

M. Jeansonnet s'assit, les jambes coupées, et bégaya :

— Ce n'est pas possible. Il m'avait formellement promis.

— Avec sa santé, promettre et tenir font deux. Il est très malade.

— Je voudrais le voir.

— Il ne peut recevoir personne.

— Mademoiselle, les intérêts les plus sacrés…

— Monsieur, si vous m'aviez demandé mon avis, je vous aurais conseillé de ne pas compter sur mon cousin, qui ne sait jamais la veille s'il sera valide le lendemain.

— Veuillez lui dire que je suis là.

— Non, monsieur. Il dort.

— Je ne partirai pas sans lui avoir parlé.

— C'est un peu fort !

— C'est ainsi.

— Eh bien, monsieur, puisque vous me poussez à bout, sachez que M. Bigalle n'est pas chez lui.

— Je n'en crois rien.

— Je puis vous faire visiter l'appartement de fond en comble.

— Mademoiselle, vous voyez l'état dans lequel je suis…

— Qu'y puis-je ?

M. Jeansonnet reconnut qu'il n'attendrirait point ce roc. Il y avait de la satisfaction dans la voix de Mlle Estoquiau, la joie d'une revanche prise sur l'importun qui avait pu, une fois, violer la consigne et en être récompensé par un verre de porto. Le vieillard s'inclina en silence et s'en fut. Il apprit de la concierge que M. Bigalle était parti vers trois heures et qu'il rentrerait d'une minute à l'autre. Malgré le courant d'air, M. Jeansonnet s'installa devant la porte cochère et monta la faction. À huit heures, Fernand Bigalle arriva tout doucement. Il rentrait en se promenant.

— Vous m'attendiez ? demanda-t-il ingénument.

M. Jeansonnet le mit au courant.

— Je vois, je vois, murmura Bigalle, Sylvie est terrible ! J'avais pris sur mon agenda une note au crayon ; elle l'aura effacée. Remontons. Je m'habille et je suis à vous.

— Non ! Non ! protesta M. Jeansonnet. Je ne suis plus capable d'affronter Mlle Estoquiau sans en tomber malade, Je vous emmène tel quel. La voiture des Gélif est là. On vous excusera d'être en jaquette. Vous vous laverez les mains là-bas…

IV. — LE DÎNER

À ce moment, une automobile s'arrêta. Une dame en sortit, érupée.

— Ça y est ! s'écria la dame. Vous nous aviez oublié ! Ne saviez-vous pas que vous dîniez chez nous ?

— Je le savais parfaitement, et j'allais m'en excuser, répondit Fernand Bigalle, mais, monsieur et moi nous sommes témoins dans une affaire d'honneur qui ne peut se remettre.

Ayant dit, il poussa vivement M. Jeansonnet dans l'automobile des Gélif, qui démarra.

— J'aime autant, conclut Bigalle, en allumant sa cigarette, ne pas assister à la crise de nerfs. Voyez-vous, cher monsieur, quand on a passé toute sa jeunesse à dîner en ville, il devient impossible, dans l'âge mûr, de se dépêtrer. Cela sent très bon dans cette voiture. Mme Gélif doit être une jolie femme… M. Jeansonnet détrompa le maître, sans trop insister. Il tremblait encore qu'il lui échappât. Toute la compagnie était assemblée sous les armes quand il fit son entrée chez les Gélif, modeste à la façon d'un soldat qui amène devant ses supérieurs un prisonnier de marque.

— Madame, dit Fernand Bigalle, en baisant la main de la maîtresse de maison, pardonnez-moi de venir ainsi habillé, mais je sors de la séance de l'Académie et j'ai voulu, avant tout, ne pas arriver trop en retard. Mon vieil ami, Jeansonnet, m'a cueilli au passage.

Mme Gélif émit une vague réponse : « Trop honorée, maître… vraiment… » Les autres se taisaient et regardaient. Bigalle, qui est dénué d'éloquence, ne trouvait plus rien. M. Gélif fit les présentations. Tout à coup, on vit Bigalle s'arrêter devant Mme Chevêtrier, qui sourit faiblement.

— C'est vous, Aurélie ? murmura-t-il.

— Oui, Fernand… J'ai voulu voir si vous vous souviendriez de moi… Je vous présente mon mari.

— Vous vous connaissez ! s'écria Mme Gélif.

— Oui, oui, nous nous connaissions, dit Bigalle, mais nous ne nous étions pas vus… depuis…

— Certes, coupa Mme Chevêtrier, cela fait bien ce temps-là.

On les laissa. Mme Chevêtrier, dame blette, annulée, à laquelle personne ne prêtait jamais attention, avait rougi et paraissait plus animée que de coutume. M. Jeansonnet eut l'explication après le dîner.

— Regardez-la bien, lui dit Bigalle... C'est elle, ma fiancée... mon ex-fiancée. Le billet que vous avez reçu en 1882 était de sa main...
Il ajouta :

— Elle est restée charmante. Comme jadis, on ne s'en aperçoit pas tout de suite. Son charme est lent à opérer, mais il est toujours infaillible...

M. Jeansonnet approuvait et pensait qu'il n'est que le cœur pour garder de semblables illusions et perpétuer un aveuglement aussi complet. La soirée était morne ; l'excellent repas n'avait pas réussi à sortir les convives de leur torpeur. Ils étaient là comme au spectacle où l'acteur doit faire tous les frais. Bigalle avait surtout de l'esprit dans les répliques. Il craignait le monologue et la conférence. Il fut donc assez terne au dîner, entre Mme Gélif et Mme Taurine, une veuve invitée pour sa beauté fatale et qui laissait tomber comme à regret une syllabe toutes les cinq minutes. Mais tandis qu'on servait le café, le grand écrivain s'installa auprès de Mme Chevêtrier et il fut, dès lors, éblouissant. Mme Taurine en conçut une vive rancune et il se forma un petit clan qui chuchota dans un coin : « C'est ça leur académicien ! — M. Poincillade est autrement spirituel, et il est bonnetier. Les Gélif sentent d'ailleurs que c'est raté ; Augustine est verte. Si j'avais su qu'il viendrait en jaquette, je n'aurais pas mis ma robe décolletée. — Est-ce qu'il va réciter quelque chose ? — Ah ! non, merci ; très peu pour moi. — Nos maris peuvent très bien faire un bridge ; faites donc un bridge, mes pauvres amis, ne vous gênez pas. — Benjamin a sommeil. — Je comprends ! Espérons que cette petite fête ne se renouvellera pas souvent — Pensez-vous : ils l'ont eu une fois ; ensuite ils pourront courir après lui ! — Rien ne m'ôtera de l'idée qu'il est venu pour retrouver Mme Chevêtrier. — Une personne sur laquelle on n'a jamais rien dit ! — Je me méfie des personnes sur lesquelles on ne dit rien ; c'est qu'elles cachent tout. — Qu'est-ce qu'on fait en Bourse, Garbotte ? — Il n'est que dix heures ; j'aurais parié qu'il était au moins onze heures et quart. — Taisez-vous, voilà Lucien ! — Eh bien Lucien, je crois que voilà une belle soirée ! — Ça nous change au moins des conversations d'affaires... »

Quand la maîtresse de maison se retrouva seule avec son époux, elle courut au téléphone et demanda le numéro des Carlingue.

— Insistez beaucoup ; sonnez, sonnez pour les réveiller. C'est une communication urgente… Ah ! voilà…

Elle reprit d'une voix suave :

— C'est à Mme Gélif que j'ai l'honneur de parler ? Ici, la maison Leniotte et Brevet. Je viens chercher des compliments, madame… Vous voyez que tout a marché à ravir, bien que nous ayions été prévenus un peu tard. Mon maître d'hôtel, qui revient de chez vous, me dit que tous les convives ont été ravis et n'ont pas tari de compliments, surtout le général, l'amiral et M. Fernand Bigalle, de l'Académie française. J'espère que vous voudrez bien une autre fois nous réserver la faveur de vos ordres, étant donné ce succès… Bonsoir, madame… Comment ! Je vous ai dérangée !… Mille pardons… Je n'aurais pas cru que vous étiez déjà couchée…

V. — JEUNESSE ÉTERNELLE…

Fernand Bigalle se levait vers sept heures, consacrait dix minutes à la gymnastique suédoise, prenait une douche, revêtait une robe de laine blanche à capuchon, semblable à celle que mettait Balzac pour travailler et s'installait en face de son courrier avec le soupir d'un débardeur devant une énorme cargaison à décharger. Soupir tout de principe d'ailleurs, car il ne répondait jamais aux lettres. Il les lisait avant de se mettre à écrire, car les flatteries monstrueuses et les attaques véhémentes, dont il faisait ainsi sa pâture quotidienne, lui donnaient des forces et tenaient son esprit en éveil. Cette fois, il alla droit à une enveloppe où il crut reconnaître sa propre écriture…

C'était une lettre de Mme Chevêtrier. Il la lut, le cœur battant.

« Mon cher, mon vieil ami, écrivait Mme Chevêtrier, vous m'avez dit l'autre soir : « Que ne donnerais*je pas pour revivre une soirée de janvier 1882 ? » Nous avons à peu près revécu cette soirée-là. Il ne faut pas recommencer. Vous êtes habitué aux souvenirs ; ils grisent et ils enchantent une âme supérieure comme la vôtre ; ils ulcèrent une âme médiocre, comme la mienne. Une femme, voyez-vous, ne se plaît à évoquer un souvenir que lorsqu'il s'y mêle le poison du regret. Mon mari l'a bien compris. Il m'a dit un mot terrible et touchant « Ah ! non, nous n'allons pas recommencer à vivre, à notre âge ! » A vivre j c'est-à-dire à souffrir. Alors, Fernand, il vaut mieux ne plus nous rencontrer. moi, je ne vous ai jamais tout à fait quitté. J'ai continué à vous lire. J'ai suivi votre pensée. Je l'ai toujours partagée, en secret. Dès que vous émettiez une opinion, mon mari adoptait avec ardeur l'opinion opposée. S'il s'était trouvé une fois seulement d'accord avec vous, j'en aurais conclu qu'il avait cessé de m'aimer ! Et il m'interrogeait avec inquiétude. Et j'abondais dans son sens ! Cette pauvre petite comédie-là dure depuis si longtemps que je ne saurais plus, je crois, parler selon mes propres sentiments ! Je pense selon vous ; je m'exprime selon mon mari. Ma seule œuvre à moi, c'est le bonheur de M. Chevêtrier. Ne croyez pas que je l'ai édifié sur les ruines du mien. Je ne songe pas à moi. D'autres appellent cela de l'abnégation ; j'estime que c'est un égoïsme intelligent. Grâce à lui, j'ai pu vieillir dans le calme. « Si rien n'est plus joli qu'un jeune visage, il n'y a rien de plus émouvant qu'un visage blessé par la vie et où toutes les douleurs, toutes les renonciations sont inscrites par des griffes de fer. » Cette phrase est de vous. Mon miroir, quand je me soucie de lui, me renvoie donc l'image des souffrances passées. C'est un livre dans lequel vous avez su lire l'autre soir, car il n'y eut pas un seul de vos regards qui ne me plaignît. L'apaisement, mon cher ami. l'apaisement, c'est le titre du dernier chapitre de tous les romans humains qui n-'ont pas une fin tragique…

« Ce matin, j'entre dans l'apaisement définitif : nous nous sommes revus, nous nous sommes serré la main, après la séparation brutale de jadis ; enfin, vous savez que je n'ai jamais cessé de vous pardonner. Et puisqu'ici-bas chacun a sa tâche, humble ou éclatante, puisque tout être a son utilité, je découvre maintenant la mienne. Et mon orgueil n'est pas mince ! Je suis la conciliatrice. D'autres enveniment les haines et ne rêvent que déchirements. Ce sont de simples bonnes volontés qui s'opposent au malheur universel. Les doux vaincront. Le moment viendra où M. Chevêtrier fera comme tout le monde : il vous admirera sans arrière-pensée ; nous ne sommes pas encore tout à fait assez vieux… Gardez-vous surtout de me répondre… »

Bigalle répondit tout de même. O déformation professionnelle ! Il répondit avec l'arrière pensée de profiter de son émotion pour écrire une page ou deux, sincères, et dont il se servirait plus tard, à l'occasion… Quand il eut terminé sa tâche, il se relut et trouva le morceau fort bien écrit. Il chercha le dossier dans lequel il empilait ses notes. Au moment de classer celle-ci, il fut arrêté par un remords. Et il brûla le papier à la flamme d'une bougie. Quelques minutes après, Mlle Estoquiau apparaissait.

Mlle Estoquiau apparut et constata :

— Vous avez mauvaise mine, c'est ce dîner... avec des gens impossibles sans doute... Je déteste ce M. Jeansonnet.

— Il ne tarit pas de compliments sur vous. Il vous trouve une faculté d'organisation admirable et vous l'impressionnez beaucoup. Vous ne l'avez pas remarqué ?

Mlle Estoquiau haussa les épaules, mais ne trouva pas de réponse. Elle sortit, vaguement troublée.

Et ce jour là, Fernand Bigalle, s'il avait consigné ses impressions, les eut résumées en un lieu commun sur la jeunesse éternelle du cœur humain.

VII. — A CREVILLE-SUR-MER

M. Jeansonnet, qui était philosophe, ne redoutait rien plus en ce monde que le mois d'août. Son approche lui inspirait de la terreur. Il étouffait dans sa mansarde, boulevard des Capucines, et s'ennuyait loin des Gélif. Aussi ne résista-t-il que faiblement à Lucien quand celui-ci lui proposa de l'amener à Creville-sur-Mer. Il ne se doutait pas que la première personne qu'il verrait en débarquant serait Mme Jeansonnet, son épouse légale, car ils étaient seulement séparés. Mme Jeansonnet, en villégiature, s'habillait comme une petite folle. Son costume de légère toile blanche, son chapeau Niniche agrémenté de pompons roses et bleus constrastèrent comiquement avec le grand air de dignité offensée qu'elle prit en apercevant l'infortuné dont elle portait le nom. M. Jeansonnet eut, d'abord, envie de s'enfuir dans un hangar à charbon qui s'ouvrait devant lui.

Quelques minutes après, l'épigrammiste, qui jouissait du plus heureux caractère, avait complètement oublié cette fâcheuse rencontre. Lucien le conduisit à la promenade qui longeait la mer, et où se trouvaient les plus riches propriétés de l'endroit. Ils passèrent ainsi devant la terrasse d'un château fort en réduction, construit sur mille mètres carrés, mais qui avait rattrapé en hauteur la majesté que l'architecte n'avait pu lui donner en largeur. M. Jeansonnet ne vit pas sa femme, enfouie au plus profond d'une guérite de paille.

— N'est-ce pas le fils Plutarque qui passe ? dit à sa fille Mme Carlingue, qui avait Une mémoire impitoyable.

— Je le crois, maman.

— Qui est ce fils Plutarque ? interrogea M. Carlingue. Je connais ce nom-là.

— C'est un jeune homme que je rencontre au cours de danses.

— Et, dis-moi, il n'était pas avec son père ?

— Je ne pense pas…

— Ce vieux monsieur avait pourtant bien l'air d'un homme illustre,..

— Passez-moi la lorgnette ! commanda {Mme}} Jeansonnet. Votre M,Plutarque a choisi un compagnon dont je le félicite et qui est bien agréable en voyage.

— Ah ! vous le commissez ?

— Un peu. C'est mon mari !

— Par conséquent, décida Mme Carlingue, si ce jeune homme te salue, <includeonly></includeonly> ne lui répondras même pas, Suzanne, entends-tu ?

— Pourquoi, diable, interrogea Mme Jeansonnet, Cyprien est-il venu ici ? Vous ne croiriez pas qu'il y a un homme sur la terre pour détester la nature, les arbres et l'océan. Cet homme, c'est lui. Moi, qui tiens de la nymphe et de la dryade, j'ai eu la chance de tomber sur ce phénomène unique ! M. Jeansonnet ne comprend les arbres qu'entourés de grilles et les fleurs qu'au marché de la Madeleine. Il m'a déclaré, un jour, que rien ne lui paraissait plus bête qu'une montagne ! Quand il est dans le train, il lit ses journaux ! M. Carlingue est négociant, lui, eh bien ! l'autre soir, je l'ai surpris, accoudé ici, en train de contempler le crépuscule.

— Cela m'arrive souvent, déclara M. Carlingue ; je ne pose pas au poète, mais je ne passe pas un été sans me planter plusieurs fois devant l'infini.

— Tu ferais mieux de te reposer complètement, opina Mme Carlingue, et de vivre comme une bête.

VII. — A CREVILLE-SUR-MER

— Ce n'est pas donné à tout le monde ! soupira Mme Jeansonnet.

L'évocation de cet époux boulevardier la porta à considérer la mer avec une sympathie plus grande. D'ailleurs, tout paysage lui plaisait quand elle était sur le point de le quitter. Or, elle avait rédigé avant de partir une dépêche que sa femme de chambre avait ordre de porter au télégraphe au bout de huit jours, sauf contre-ordre. Cette dépêche, signée d'un nom imaginaire, rappelait Mme Jeansonnet pour affaire urgente. Elle se méfiait de Crevillc et elle n'avait pas tout à fait tort. Cette station balnéaire, entre deux plages célèbres qui l'écrasent, a perdu son charme primitif, sans acquérir l'élégance de ses voisines. Enfin, Mme Carlingue a l'hospitalité autoritaire. Elle règle le lever et le coucher de ses hôtes et leur emploi du temps. Elle entend qu'on lise à certaines heures et, qu'à d'autres, on s'étende rêveusement sur la terrasse. Mme Jeansonnet, accueillie à son arrivée avec enthousiasme, sentait cet enthousiasme décroître visiblement.

Quand Lucien et son parrain eurent disparu à l'horizon, Mme Carlingue prit la parole.

— Chère amie, dit-elle, nous aurons trois personnes pour le thé. Vous devinez qui ?

— Pas du tout ! fit Mme Jeansonnet, qui se redressa, intéressée.

— Nous désirons beaucoup nous lier avec Mlle Estoquiau, cousine de Fernand Bigalle, que nous voulons avoir pour notre salon. Vous êtes même le seul être au monde qui soit au courant de notre projet.

— Je l'avais déjà oublié ; cela peut vous garantir ma discrétion !

— Nous ne vous en demandions pas tant ! rétorqua Mme Gélif, froissée. Or les parents de Mlle Estoquiau vont nous rendre visite. C'est M. Mâchemoure, qui tient ici un commerce de quincaillerie, et à qui nous avons fait un gros achat pour entrer en relations. C'est M. Trastravat, notre agent de location et sa femme. Ces personnes sont très simples, je vous demanderai, ma chère amie, de les mettre à l'aise, en vous montrant familière et enjouée.

— Vous me rajeunissez avec vos observations ! remarqua aigrement Mme Jeansonnet. J'ai l'habitude de me montrer aimable envers tout le monde. Quelle mouche vous pique, ma chère amie ?

— Oh ! ma chère amie, nous sommes assez amies pour nous parler en vraies amies. Voulez-vous de la franchise ?

— C'est selon…

— Eh bien ! tenez pour assuré que, sans vous en rendre compte, vous dosez votre affabilité selon la situation sociale de vos interlocuteurs. Nous l'avons remarqué bien souvent, n'est-ce pas, Adolphe ?

M. Carlingue, peu désireux de se compromettre, fît semblant de sortir d'une profonde méditation :

— Hein ? Pardon !… je ne vous suivais pas…

— Il y a moyen de tout arranger, proposa Mme Jeansonnet hors d'elle ; je vais rentrer dans ma chambre et je n'en sortirai que lorsque ces gens seront partis.

— Vous voyez : vous les appelez « ces gens » !

Mais Suzanne leur fît signe de se taire en leur désignant la grille d'entrée, devant laquelle un groupe stationnait. Il y avait M. Mâchemoure, long et maigre personnage, qui portait, au bout d'un corps efflanqué, une petite tête rageuse de don Quichotte gastralgique, avec la barbe et l'impériale. Mme Trastravat complétait, par le rouge de l'indignation qui incendiait ses joues, les échantillons de vives couleurs qu'offraient son corsage vert, sa jupe jaune, son chapeau bleu et son écharpe orange. M. Trastravat, roulé en boule comme un hérisson, tendait le col pour mieux affronter, pygmée animé d'une ardeur héroïque, l'interminable M. Mâchemoure. Ces personnages se disputaient. Leurs éclats de voix furent perçus nettement sur la terrasse.

— Je vous cède la place, hurlait M. Mâchemoure en claquant des mandibules comme un chien furieux. Il y a une dame, je suis galant, je lui cède la place. Entrez. Je me retire !

— Tiens ! répliqua Mme Trastravat, faites donc l'innocent, futé que vous êtes ! N'entrons pas, Hippolyte. Sais-tu pourquoi il veut que nous passions avant lui ? C'est pour dire du mal de nous tout à son aise et pour savoir ce que nous aurons dit de lui. Mais, écoutez donc, monsieur Mâchemoure, bien que cela me dégoûte de vous parler, apprenez que nous ne nous occupons jamais de vous. Vous n'existez pas plus à nos yeux qu'un ver de terre.

— Un ver de terre, c'est le mot, appuya M. Trastravat, qui commençait à avoir le torticolis.

— Vous croyez qu'on va se laisser prendre à vos belles paroles ! « Il y a une dame ! » poursuivit Mme Trastravat. Et, quand il m'arrive de vous rencontrer, vous faites celui qui se dépêche de rentrer chez lui parce qu'il a mal au cœur !

— Mal au cœur, parfaitement, répéta M. Trastravat, écho fidèle.

— Je fais les plus violents efforts pour me contenir, sachez m'en gré, remarqua M. Mâchemoure. Entrons, puisque ce monsieur et cette dame, qui ne sont pas au courant des usages du pays, nous ont invités ensemble. Entrons ensemble et partons ensemble ; ainsi, vous pourrez me surveiller et je vous surveillerai moi-même, car je sais ce que vous racontez sur mon compte depuis quelque temps. Mais, retenez ceci : je vous appartiens et je ne me soucie pas de vous empêcher de dire des horreurs sur ma vie privée, mais si Trastravat parle mal de ma marchandise, s'il dit encore que je vends des marteaux en fer battu et des casseroles qui fondent au feu, aussi vrai que je m'appelle Eugène, je lui casse les dents à coups de poing et je le laisse mort sur la place.

— Au secours ! glapit Mme Trastravat, il tue mon mari ! Ah ! l'horrible brute !

M. Trastravat s'était éloigné de quelques pas. Il répéta, néanmoins, « horrible brute », mais d'une voix défaillante, caressante presque.

— Et, maintenant, entrons, conclut M. Mâchemoure, et si vous êtes embarrassés, faute d'usages mondains, prenez modèle sur moi, pauvres gens ! Un instant : la dame d'abord — oui, oui, vous êtes une femme malgré tout et je sais ce que je vous dois — moi, ensuite ; Trastravat le dernier.

VII — LA LEÇON D'AMOUR

Le hall de la villa sentait le bois neuf, la saumure, le vernis et la colle de pâte. M. Mâchemoure et les Trastravat, dûment congratulés et présentés, s'assirent en rang d'oignons, M. Trastravat était resté pâle de l'algarade. Quant à M. Mâchemoure, il soufflait encore de colère ; il jetait du feu par les naseaux comme certains animaux coléreux.

— Cela doit être bien doux, insinua agréablement Mme Jeansonnet, de vivre en famille dans cette délicieuse petite ville, surtout pour M. Mâchemoure qui est célibataire et qui trouve un foyer tout indiqué chez M. et {Mme}} Trastravat.

Mme Trastravat répliqua de son air le plus innocent, :

— Eh ! madame, nous n'avons ni le temps ni le moyen de mener comme vous autres à Paris une existence de visites. Ici, entre mari et femme, on se suffit. C'est pour cela qu'à Creville on n'a vu, de mémoire d'homme, des époux se séparer. N'est-ce pas Xavier ! Nous ne nous quittons jamais.

— « N'est-ce pas Xavier » ? Non, nous ne nous quittons jamais, affirma M. Trastravat.

— D'ailleurs, le haut commerce de la ville a son club, affirma M. Mâchemoure.

— Nous entendons par haut commerce, précisa Mme Trastravat, le commerce qui se tient dans la ville haute, le petit commerce. Ces messieurs ont un café dans lequel ils jouent à la manille. Xavier n'est pas joueur ; il ne fume pas ; il ne sort jamais.

— Pas joueur… fume pas… sort jamais, ponctua M. Trastravat avec énergie.

— Les soirées d'hiver doivent être longues ! soupira Mme Carlingue.

— Xavier s'occupe d'art.

A ces mots, M. Mâchemoure éclata de rire. Son rire était à la fois féroce et rassurant. Féroce parce qu'il avait la brutalité d'un aboiement ; rassurant parce qu'il montrait, dans la bouche largement ouverte, des gencives édentées. M. Mâchemoure aboyait mais ne mordait point. Il se contenta de révéler que M. Trastravat consacrait ses loisirs à enrober des bougies dans des gravures de journaux illustrés ; il chauffait ensuite le papier, avec délicatesse, et l'image restait reproduite sur la bougie. « Un véritable artiste, comme vous voyez ! » conclut-il en suffoquant et en s'essuyant les yeux, tant il riait.

— Une tasse de thé ? proposa Suzanne pour rompre les chiens.

— Volontiers ! C'est notre boisson favorite à nous, les apéritifs ne sont pas dans nos habitudes, ponctua Mme Trastiavat en coulant un regard vers M. Mâchemoure qui ne riait plus, inquiété par cette perspective d'eau chaude.

VII — LA LEÇON D'AMOUR

En somme, la plus aimable cordialité ne cessa de régner entre ces divers personnages réunis pour des causes diverses dans un salon provisoire. Mme Carlingue, qui était tenace, se demandait par quelle adroite transition elle pourrait aborder le sujet qui lui tenait à coeur. Mme Trastravat, comme si elle avait deviné, jeta d'un air négligent qu'elle attendait une sienne cousine, Mlle Estoquiau, « parente du grand Fernand Bigalle. Mlle Estoquiau, qui servait de secrétaire au maître, venait se reposer de ses fatigues à Creville ».

— Chez vous ? interrogea Mme Carlingue, le cœur battant.

— Sans doute !

M. Mâchemoure qui restait silencieux ne comprit point qu'il venait de perdre tout son intérêt aux yeux des Carlingue. On en oublia de lui passer le sucre. Il fut immédiatement et visiblement abandonné, sauf par Mme Jeansonnet qui, pressentant en lui un allié futur, vint le consoler dans sa détresse en lui offrant l'assiette de petits gâteaux, après que les Trastravat eurent fait leur choix.

— Et vous, monsieur, lui glissa-t-elle, ne la connaissez-vous donc pas, Mlle Estoqiau ?

— Elle est ma cousine comme elle est celle des Trastravat, répondit M. Mâchemoure, nous sommes, par conséquent, cousins à la mode de Bretagne de ce Fernand Bigalle qui a, paraît-il, quelque succès à Paris.

— Quelque succès ! Vous êtes modeste !

— Je mets les choses au point, c'est ma spécialité repartit M. Mâchemoure. Croyez-vous que ce scribouilleur m'impressionne ? Il y a une quinzaine d'années, je décidai d'aller visiter la capitale. J'étais très attiré par la rue Réaumur qui est, dit-on, superbe et dont un de mes amis m'avait parlé avec enthousiasme. Bon. J'envoie un télégramme ainsi conçu : : « J'arrive. Prière de venir m'attendre à la gare ». Madame, ni Mlle Estoquiau, ni M. Bigalle ne jugèrent bon de se déranger. Me voilà avec ma petite valise, ne sachant pas où aller et peu désireux de me ruiner dans les grands restaurants. J'en avise un petit, à prix fixe. On me sert du poisson. Je m'étrangle avec une arête. Je pense mourir et je retourne à la gare d'où je reprends le train de Creville. J'ai envoyé à Sylvie Estoquiau une lettre qu'elle n'a pas dû faire encadrer et où je lui ai dit tout ce que je pensais. Elle va venir. Quand je passerai près d'elle, je ne la saluerai même pas.

Et je compte prévenir M. et Mme Carlingue qu'il leur faudra choisir entre elle et moi.

— C'est une excellente idée ! remarqua Mme Jeansonnet. A ce moment, la femme de chambre annonça un visiteur.

— Je l'ai mis, déclara-t-elle, dans la salle à manger.

— Vous ne lui avez pas demandé son nom ?

— Je n'y ai pas pensé.

— Comment est-il ?

— C'est un monsieur qui a plus de cheveux que de chapeau ; il est plus large qu'élevé et il est plein de barbe.

— Elle a dû faire entrer un chemineau dans la salle à manger. Suzanne, va voir, commanda Mme Carlingue.

Suzanne revint émue :

— Mère, dit-elle, c'est M. Lanourant qui nous fait une bonne surprise… Mme Carlingue poussa une exclamation et disparut.

— M. Lanourant, commenta M. Carlingue avec bonté, est l'illustre compositeur de *Clytemnestre*, de *Frugifera* et de bien d'autres chefs-d'œuvre.

— Je connais cette musique, assura Mme Trastravat, je l'ai entendue souvent, mais je ne m'occupe jamais des noms d'auteur ; si c'est bien, je dis que c'est bien et tant pis si c'est d'un inconnu.

— Adolphe ! cria la voix impérative de Mme Carlingue.

— Vous m'excuserez ? fit M. Carlingue.

Peu après, lui-même passait le nez :

— Mme Jeansonnet, pourriez-vous venir une minute ? Mille pardons, messieurs et madame.

M. Mâchemoure et les Trastravat restèrent donc face à face.

— C'est un drôle de five o'clock, remarqua Mme Trastravat, vexée.

— On ne se gêne pas avec vous ! appuya M. Mâchemoure.

— Avec vous non plus.

— Moi je viens ici en garçon, ça n'a aucune importance, mais pour vous c'est une autre affaire ; vous êtes en visite régulière, officielle et on vous laisse en carafe.

. — En carafe, murmura M. Trastravat.

— Ouste ! lui dit sa femme, pour une fois Mâchemoure a raison.

VII — LA LEÇON D'AMOUR

Nous n'avons pas cherché ces gens-là ! Nous n'allons pas nous arrêter à une pauvre affaire qu'ils ont faite ! Si nous devions accepter toutes les invitations de nos clients, nous serions étouffés par les gâteaux secs et noyés dans le thé. Nous vous laissons la place, M. Mâchemoure. Amusez-vous. Je vous souhaite bien du plaisir. Prends ta canne, Trastravat. Je suis votre servante, monsieur. Pendant ce temps, un conciliabule animé se tenait entre M. Lanourant, l'illustre compositeur de *Frugifera*, et ses hôtes.

— J'étais venu passer trois jours avec vous, disait M. Lanourant qui laissait tomber ses paroles comme il laissait tomber ses mains sur le piano, avec un dédain écrasant, mais je me retire si ces gens là ne s'en vont pas. Des parents de Fernand Bigalle ! Ah ! non, mille fois non !

— Vous n'aimez pas Fernand Bigalle ? émit M. Carlingue.

— Je vous laisse juges : Il y a huit ans, je jouais un morceau de *Clytemnestre* chez la duchesse Nonar qui m'avait supplié à genoux. J'arrive. La duchesse avait convoqué une soixantaine de personnes. Je m'installe, je plaque un accord pour obtenir le silence. Et j'obtiens le silence en effet, sauf une voix, celle de M. Fernand Bigalle. Je plaque un deuxième accord. M. Bigalle continue. Et ainsi de suite. Et ainsi sept fois de suite. Sept fois ! A la fin, exaspéré, je me lève et je crie : « Je jouerai quand la conférence sera finie. » Le bavard a l'air surpris. Il se tait et, quand j'ai terminé, au milieu d'une ovation indescriptible, on m'amène le Bigalle en question : « C'était sans doute très beau, me dit-il, mais je suis complètement ignorant en musique et je ne vous cacherai pas que rien ne me paraît plus admirable que la polka des Côtelettes ! J'en suis resté à la méthode Carpentier. » Je répliquai : « C'est exactement comme moi en littérature. J'en suis resté à vos œuvres, monsieur ! »

— Montez dans votre chambre, maître aimé, conseilla Mme Carlingue : quand vous descendrez, je vous promets qu'ils seront partis. M. Lanourant consentit et Mme Carlingue se précipita dans le salon. Elle n'y trouva que M. Mâchemoure qui s'était installé dans l'unique rocking-chair où il balançait son amertume.

— Les autres ? interrogea Mme Carlingue.

— Partis. Ils sont furieux. Comme tous les médiocres, ils sont extrêmement susceptibles. Il faut que l'on s'occupe d'eux sans cesse.

— Eh bien, voilà, déblaya rondement Mme Carlingue, nous avons été très heureux de faire votre connaissance, monsieur, et nous espérons que vous voudrez bien revenir quand nous vous écrirons, pour un autre thé. Adolphe, veux-tu dire au revoir à M. Mâchemoure ?

— Puisque vous avez ici un musicien, proposa M. Mâchemoure, apprenez lui que je joue assez gentiment du flageolet et que, s'il veut m'accompagner, je ne demande pas mieux…

— Entendu ! bien reconnaissant ! au revoir ! fit M. Carlingue avec la terreur que le compositeur entendît. On vous fera signe très bientôt, très bientôt !… Il ne fallait jamais demander à M. Lanourant de s'installer au piano. Il rôdait autour de l'instrument, l'ouvrait, piquait deux ou trois notes, le refermait, virevoltait sur son tabouret, sifflait quelque chose entre ses dents, se promenait, revenait et, s'il était de bonne humeur, jouait trois ou quatre heures sans s'interrompre. Cet homme insupportable, gonflé de vanité, plein de son moi à en éclater quand, pour une raison quelconque, il ne pouvait parler de lui, querelleur, toujours en procès, fat jusqu'au plus extrême comique, Silène qui se croyait don Juan, changeait d'âme en s'asseyant sur son tabouret. Certes, il s'installait d'une façon ridicule : il domptait d'abord l'auditoire d'un regard ; il poussait un profond soupir comme s'il regrettait d'avance toutes les perles qu'il allait jeter à ces pourceaux ; il n'en finissait plus de tirer ses

manchettes, d'ébouriffer ses cheveux, de se frotter les mains, de se carrer sur

son siège ; mais cette pantomime achevée, il n'était plus qu'un artiste emporté par la musique.

Après le dîner, M. Lanourant joua du piano. M. et Mme Carlingue regrettaient que ce régal incomparable fût donné chez eux sans qu'ils eussent pu lancer quelques invitations. Mme Jeansonnet avait pris sur le rocking-chair la place de M. Mâchemoure et elle se balançait en mesure. Les portes-fenêtres, largement ouvertes sur la terrasse, laissaient entrer le ciel, la nuit bleue, la mer qui, aidés par la musique, baignaient tout de même de mystère et de poésie ces êtres voués à la médiocrité quotidienne.

Suzanne, que sa jeunesse rendait plus accessible à tant de beautés, s'était assise sur la terrasse et elle songeait qu'entre beaucoup de laideurs scintillaient tout de même, pour ceux qui savaient les goûter, des minutes éblouissantes.

Elle comprit l'amour, tout à coup. Il entra dans son cœur comme une marée brusque envahit une plage et la couvre en un instant. C'était trop de splendeurs à la fois pour un pauvre cœur inhabitué. La jeune fille éclata en sanglots. Quand elle releva la tête, la musique avait cessé. Tout le monde était allé se coucher sans s'occuper d'elle.

— Suzanne, murmura une voix timide.

— Lucien ! Parlez plus bas, plus bas…

— C'est moi. J'étais là… J'ai pleuré d'émotion… Si j'étais poète…

— Vous êtes poète, Lucien…

— Oui… Je viens de trouver le plus beau vers qui ait jamais été écrit.

— Dites…

— Voici : « Je vous aime. »

Suzanne faillit s'évanouir. Pour une phrase… pour une simple phrase !… Mais c'était celle-là qui devait conclure une nuit de révélations. C'était de cette petite phrase-là qu'elle avait soif ; c'était elle qu'elle attendait à travers les criailleries, les disputes, les mésententes, à travers les rancunes, les colères, les haines…

— Moi aussi, Lucien, dit-elle simplement, je vous aime. — Et elle répéta encore : « Je vous aime, je vous aime », pour la beauté que ces trois mots-là perpétuaient en elle, après la musique…

VIII — L'INTRIGUE SE NOUE

Mme Carlingue étant née diplomate, ne bougea point quand Mlle Estoquiau débarqua à Creville. La vieille demoiselle était descendue chez ses cousins Trastravat. Il s'agissait, d'abord, de savoir où soufflerait le vent. Il souffla bientôt en tempête. Mlle Estoquiau, habituée à tout régenter, ne tarda pas à se rendre insupportable. Au bout de huit jours, ils étaient brouillés et Sylvie passa avec armes et bagages chez M. Mâchemoure, qui se réconcilia avec elle et l'accueillit, uniquement parce qu'elle venait de l'ennemi. Pendant ce temps, Lanourant étant parti vers d'autres rivages, M. Carlingue, s'était astreint à entrer dans la familiarité du quincaillier. Le soir, vers cinq heures, il l'attendait dans un obscur et frais petit café d'où l'on ne voyait ni la mer, ni un arbre, ni un coin de ciel, un petit café à l'instar des rues les plus ténébreuses de Paris et où se tenait le club local. M. Mâchemoure trouva un adversaire inespéré au jeu de dominos. Qu'il gagnât ou qu'il perdît, M. Mâchemoure affichait une égale insolence, en joie ou en douleur. On l'évitait avec soin et, depuis quelques années, il se contentait de juger les coups et d'accabler les perdants de lazzis spirituels et de leçons péremptoires.

Délégué par sa femme, M. Carlingue fit merveille : il se découvrit un secret penchant pour ce désabusé gastralgique, qui rendait le monde entier responsable de ses digestions. Une confraternité de maigres les unit. Quand Mlle Estoquiau se réfugia chez son cousin avec sa malle de bois noir, sa valise de tapisserie et un réticule de paille, sur lequel se lisaient ces mots : Souvenir de Creville-sur-Mer, Mme Carlingue put s'écrier : « Nous la tenons ! » avec certitude.

— Mâchemoure, dit M. Carlingue, car ils avaient supprimé le « monsieur », que diable allez-vous devenir avec une personne du sexe sur les bras ?

— Elle est si laide, gouailla le quincaillier, que nous ne risquons rien, ni elle ni moi, pour notre réputation. Je dois dire qu'elle gouverne d'un bout de l'année à l'autre un vieux célibataire et qu'elle a acquis dans ses fonctions un tact incomparable. Elle restera un mois à la maison sans que je souffre trop de sa présence. Nous mangeons ensemble ; elle daube sur les Trastravat et cela, fait passer le temps. La dernière bouchée avalée, je file. Elle va sur la plage. Elle n'est pas blasée sur la mer, comme nous autres de Crevillc, et elle y fait encore attention. Elle me conte les histoires de Bigalle qu'elle appelle monsieur avec un *M* majuscule. Voyez-vous, Carlingue, l'humanité, quoi qu'on veuille, se partage en maîtres et en domestiques. Sylvie a une âme de domestique. Elle est heureuse et fière de servir M. Bigalle, d'essuyer ses accès de mauvaise humeur et de coller sur des albums les articles où l'on parle de lui. Cela ne m'étonne pas. Je suis un des rares indépendants de la famille.

— Amenez-la-nous.

— Elle vous assommera.

— Ma femme m'a prié de vous inviter tous deux à dîner pour le vendredi, huit juillet. « Il s'agit, m'a-t-elle dit, de rendre service à ce bon M. Mâchemoure. »

— Je ne suis pas bon, Carlingue, et je m'en vante.

VIII — L'INTRIGUE SE NOUE

— Ne prenez pas pour un mauvais compliment ce qui n'est qu'un terme de sympathie.

— Quel intérêt peut présenter pour vous cette vieille demoiselle moustachue ? Voyons, je cherche…

— Ne cherchez pas.

— Si. Je ne déteste pas voir clair…

— Allons ! n'en parlons plus.

— Il faut pourtant que je sache si nous devons nous présenter chez vous, le huit juillet pour dîner ! Ne prenez pas la mouche à tout bout de champ, que diable ! Il est rudement difficile de s'entendre avec vous !

Charmant caractère ! M. Carlingue en suivait les méandres avec docilité, car il avait juré à sa femme de tenir son rôle jusqu'au bout, et de participer à la victoire dans la mesure de ses forces « Si Mâchemoure, qui n'est pas sot, s'aperçoit que nos amabilités n'ont pas d'autre but que de nous rapprocher de Bigalle, calculait-il, nous sommes perdus, car il nous ruinera dans l'esprit de Sylvie ! » Et il ingurgitait bravement un liquide apéritif qui avait la couleur, l'épaisseur et jusqu'à l'odeur du bitume. Et il faisait tout son possible pour se passionner au placement du double-six.

— Est-ce que vous n'essayez pas de vous constituer ce qu'on appelle un salon ? jeta négligemment M. Mâchemoure en touillant les dominos.

— Nous en avons un ! riposta M. Carlingue en prenant l'air offusqué pour dissiper le soupçon qu'il pressentait ; nous en avons un, grâce à Lanourant, qui attirerait chez nous tout Paris, si nous le laissions faire.

Il avait l'air si naïf et si sincère que le quincaillier n'insista plus. Il couvrait d'un mépris égal l'écrivain et le compositeur « des valets, valets du public, valets de leur réputation, d'indignes amuseurs que l'on couvre de croix et de titres, car, à notre époque… »

Mais M. Carlingue ayant entendu la cloche du dîner se sauva et un membre du ciub se permit quelques plaisanteries à son endroit. Le membre du club était le chapelier de Creville. A force de prendre des mesures sur le crâne d'autrui, il avait des idées sur le cerveau humain. Et ces idées manquaient d'indulgence.

— M. Adolphe Carlingue est mon ami, déclara tout net M. Mâchemoure ; c'est un industriel de la plus haute valeur et je ne permettrai pas que l'on y touche. Tenez-vous-le pour dit, Babey, le café est à tout le monde. Vous avez droit tout juste à la table du fond, et encore !

— Kiss ! Kiss ! grinça le chapelier.

M, Mâchemoure haussa les épaules et, comme il n'avait pour passer sa fureur rien d'autre sous la main que le fox de l'établissement, il donna une forte gifle à la pauvre bête, qui s'enfuit en hurlant.

IX. — UNE DÉSABUSÉE DE LA GLOIRE

— Le monde est bien petit, confia M. Jeansonnet à Lucien Gélif. Je viens, dans ce Creville, où j'ai déjà rencontré ma femme, de me heurter à Mlle Estoquiau, cousine et gouvernante de Fernand Bigalle. Je me préparais à détourner la tête, car je sais qu'elle ne peut me souffrir, mais elle m'a souri avec toute l'amabilité dont elle dispose. C'est l'influence, sans doute, de l'été et de la mer.

Le lendemain, Sylvie abordait M. Jeansonnet. Mlle Estoquiau ne détestait, réellement, que les hommes mariés. Il lui semblait que chacun d'eux lui avait préféré une autre femme, et elle leur en voulait. Bien des acrimonies n'ont pas d'autre cause qu'une grande tendresse inemployée. Elle croyait M. Jeansonnet divorcé et elle voulut lui soutirer une confession complète. Depuis bien des années, elle n'avait pris aucune vacance. Quand Fernand Bigalle s'absentait pendant quinze jours, elle en profitait pour épousseter les livres et pour procéder au rangement du bureau. À vivre auprès d'un intellectuel aussi exigeant et capricieux, Mlle Estoquiau, qui souffrait chaque jour de la gloire, en était arrivée à chérir les hommes dénués d'ambition, mûrs, obscurs, et capables de consacrer le temps qui leur reste à une femme élue.

— Vous avez peur de moi, dit-elle à M. Jeansonnet, parce que vous me voyez toujours défendant la porte de Fernand Bigalle. Mais, cher monsieur, je ne fais qu'obéir aux ordres qu'il me donne. Il m'en veut, à moi, personnellement, de toutes les minutes qu'il perd en société, car il croit que c'est à ces minutes-là qu'il aurait écrit son chef-d'œuvre. Il a tort de s'obstiner. Un jour, exaspérée, je lui ai envoyé, par lettre anonyme, la coupure d'un passage du

IX. — UNE DÉSABUSÉE DE LA GLOIRE

journal de M. Edmond de Goncourt, où il est dit, en substance, que, passé cinquante-cinq ans, un écrivain peut faire un bon critique, un auteur dramatique, tout ce que l'on voudra, sauf un grand romancier. Le lendemain, j'entendis qu'il disait à un de ses collègues : « Ce Goncourt est, décidément, bien surfait. Quelle puérilité dans son « journal » ! Et, si l'on se donnait la peine de le discuter, preuves en mains ! » Je voudrais que les personnes qui envient mon sort prissent ma place pendant quarante-huit heures, tenez ! Quand le courrier n'apporte point le contingent voulu de lettres admiratrices, monsieur trouve le bifteack mal cuit et me cherche à tous propos une querelle d'Allemand. La gloire, cher monsieur, la gloire… c'est de l'énervement et des invitations à dîner, rien de plus. Il faut vivre dans la coulisse, comme moi, pour se rendre compte. Tenez ! s'il n'y avait pas toutes ces bêtises-là, j'aurais certainement épousé mon cousin. Mais vous me voyez, pauvre agneau, lié par les pattes ! Gardant mon indépendance, j'ai toujours la ressource de menacer mon cousin de le quitter. Mariée, je sais trop bien que des paroles semblables ne me sortiraient pas des lèvres… Non…

Elle fit une pause et émit, avec mélancolie :

— J'ai, sur le mariage, des idées spéciales — des idées qui n'ont rien à voir avec le fox-trot… des idées de votre temps, monsieur Jeansonnet.

— Oh ! moi, vous savez, le mariage… balbutia M. Jeansonnet.

— Il vous a été indigeste une fois… Mais, un exemple, tenez : Bigalle ne supportait pas le homard. Je lui ai accommodé de mes mains un homard Thermidor, bien gratiné. Il l'a mangé tout entier et cela a passé comme lettre à la poste. Il n'y a pas d'estomacs : il n'y a que des cuisinières…

— Évidemment…

— On peut, on doit changer de cuisinière quand on n'est pas satisfait. Je trouve, pour ma part, le divorce une excellente institution.

— C'est commode, en effet, concéda poliment M. Jeansonnet.

— L'âge n'est qu'un mot.

— L'âge, c'est plusieurs maux, hélas !…

— Vous êtes de ces privilégiés que l'on voit toujours jeunes.

— Parce qu'ils ont toujours été vieux !

— Voulez-vous bien ne pas dire du mal de vous ! Je vous le défends !

M. Jeansonnet n'entendait point malice à ce marivaudage. S'il avait pu deviner quelle tentation naissait dans le cœur resté ingénu de Mlle Estoquiau, il se serait hâté de lui apprendre : d'abord, qu'il restait uni en légitimes noces à la plus irascible des épouses et, ensuite, qu'il disposait, pour tout potage, de trois cent soixante quinze francs par mois. Mais M. Jeansonnet était atteint de ce mal incurable, qui est le besoin d'inspirer de la sympathie. Il se sentait tout heureux d'avoir conquis cette personne, d'aspect terrible, et il attribuait cette conquête à sa propre douceur, qu'il estimait contagieuse. Enfin, à l'encontre de M. Mâchemoure et de la plupart de ses semblables, il était toujours disposé à attribuer aux actions d'autrui le plus noble mobile, Dans son contentement, il eut un mot malheureux :

— Maintenant, insinua-t-il en souriant, vous ne me mettrez plus à la porte quand je me présenterai chez Bigalle !

— Cessez donc, lui conseilla Mlle Estoquiau, de me considérer comme la portière de monsieur. J'ai aussi ma personnalité. Et je suis en vacances.

— Je plaisantais…

— Le moment viendra où je laisserai le maître se débrouiller tout seul. Je ne sais ce qu'il adviendra de lui, mais il n'aura que ce qu'il mérite.

Et elle conclut :

— À ce moment-là, je prendrai mon temps et je tâcherai de choisir celui qui sera l'objet de mon dévouement. J'ai absolument besoin de me dévouer. C'est une vocation. Et je persiste à espérer qu'il n'y a pas que des ingrats.

Quel que fût l'aveuglement de M. Jeansonnet, il comprit, et, le soir, il confiait à Lucien :

— Mon ami ! Mon ami ! Il y a une vieille demoiselle à moustache qui a des vues sur moi !

X. — TRIOMPHE

Dès que Mlle Estoquiau eut rencontré Mme Carlingue, elle l'apprécia. Tout d'abord Sylvie ravala sa rage en apprenant que Jeansonnet

X. — TRIOMPHE

était toujours marié. « Je le repincerai, se promit-elle, et je saurai bien m'arranger pour qu'il ne revoie jamais Bigalle. » Ainsi, tandis que les Gélif voyageaient tranquillement, il se tramait, contre leur salon futur, le plus redoutable complot. Amadouée par de menus cadeaux et plus encore par les marques d'une attentive déférence, Sylvie, au bout de quelques jours, reprit sa malle, sa valise, son réticule et s'installa chez les Carlingue pour y passer tout le mois d'août. Pas une fois, le nom de Bigalle ne fut prononcé devant elle et bien qu'elle fît parfois allusion au maître, personne n'insistait On l'aimait pour elle-même ; elle en était convaincue, malgré sa défiance habituelle.

— Je compte que vous viendrez à nos réceptions de quinzaine, lui disait Mme Carlingue.

Un jour, Sylvie riposta :

— Eh ! oui, je le voudrais bien, car j'en ai assez de vivre comme une sauvage. Mais j'ai accepté une fonction auprès de Fernand Bigalle et je ne puis pas plus le quitter que si c'était un enfant en bas âge… Savez-vous ce qui serait gentil ? ce serait de me permettre de vous le présenter. Il est amusant en société, paraît-il, et quand il est là, personne n'a besoin de se fatiguer à parler : il cause tout le temps.

M. Carlingue échangea avec sa femme un coup d'œil triomphante Le but était atteint :

— Mon Dieu ! flûta Mme Carlingue, nous ne détestons pas lire les livres et, par exemple, ici, nous nous sommes abonnés tout de suite à un cabinet de lecture. Mais, entre nous, ces écrivains ont une si mauvaise réputation, que je ne sais s'il ne vaut pas mieux lès admirer à distance.

— En effet, approuva M. Carlingue.

— Le mien est un mouton ! déclara Sylvie. Il ne fait le malin que chez ceux qui veulent l'attirer à tout prix. Il y a, par exemple, des nommés Gélif…

— Nous les connaissons, s'écria Mme Carlingue. Quel nom jetez-vous là, ma bonne demoiselle ! M. Gélif est l'ancien associé de mon mari. L'association du loup et de la colombe. Mon pauvre Adolphe était la colombe.

— Tu veux dire le pigeon, rectifia M. Carlingue. Sylvie se tourna vers Mme Jeansonnet :

— Les Gélif ont envoyé à Fernand Bigalle un émissaire qui n'est pas inconnu de vous, madame, puisqu'il n'est autre que M. Cyprien Jeansonnet. Par surprise, j'ai laissé le maître aller une fois chez ces gens, mais je vous promets que cela ne lui arrivera plus.

— Mon mari, déclara Mme Jeansonnet, n'a plus qu'eux comme amis. Ils sont au courant de mon intimité avec M. et Mme Carlingue et ils croient beaucoup m'ennuyer en organisant un salon rival. Or, si je voulais avoir les quarante académiciens chez moi, rien ne me serait plus facile. Je suis vieux jeu : j'ai la cohue en horreur. Et puis, j'estime qu'il faut rester entre soi. La seule façon d'avoir un salon, c'est d'entrebâiller les portes, de les entrebâiller seulement et de ne pas se jeter au cou de n'importe qui. Et puis — retenez bien ceci Mathilde — il ne faut qu'une personne de chaque spécialité. Si vous recevez Habassis le fabricant de pianos, gardez-vous d'inviter Polizeau, son plus dangereux concurrent. Moi, comme romancier, j'ai Tintenague ; c'est un romancier difficile à comprendre ; il me suffit parce qu'il est original ; du moment que je ne veux qu'un romancier, j'entends qu'il ait un talent unique et qu'il ne soit pas le reflet de mille autres que je ne recevrais pas. Mon auteur dramatique, c'est Ostade, un génie formidable. Il a passé sa vie à pénétrer tous les secrets de la langue et il en a conclu que le cinématographe était le mode d'expression le plus pur. Avez-vous vu les *Mystères de Saint-Cloud* ? Allez les voir. Lisez surtout les phrases du « parlé » projeté sur l'écran et vous m'en direz des nouvelles. Le peintre Goudrat ne rate pas un de mes jeudis — et il a eu une médaille au Salon des Artistes français. J'ai encore Fiarnaux, l'avocat, un grand spécialiste de la Justice de Paix et Chambourin qui pourrait gagner cent mille francs à l'Opéra s'il n'avait pas fait le serment — quel grand fou ! — de ne chanter que chez moi… J'ai aussi… Mais je compte que vous viendrez, mademoiselle…

Avec une présence d'esprit admirable, Mme Carlingue fit face à ce nouveau danger. Elle voyait venir Mme Jeansonnet, avec ses gros sabots, Mme Jeansonnet qui n'eût pas été fâchée de remplacer l'obscur M. Tintenague par l'illustre Bigalle.

— Mlle Estoquiau a une tâche très lourde, interrompit Mathilde et il est facile à comprendre, ma chère amie, qu'elle ne peut passer son temps chez l'un et chez l'autre. Vous aurez de fréquentes occasions de la rencontre à la maison.

Elle insista sur ces trois derniers mots et Mme Jeansonnet se le tint pour dit. Quarante huit heures après, elle recevait une dépêche expédiée par sa femme de chambre et qui la rappelait d'urgence à Paris.

— Ouf ! fit Mme Carlingue. Il fera chaud quand je lui demanderai encore de venir passer quelque temps avec nous au bord de la mer !

XI. — LE STRATAGÈME DE MME JEANSONNET

Au XVIIIe siècle, Mme du Deffand, salonnière fameuse, devenue aveugle et cherchant une demoiselle de compagnie, écrivit à Julie de Lespinasse : « Faites vos paquets, ma reine, et venez faire le bonheur et la consolation de ma vie ; il ne tiendra pas à moi que cela ne soit bien réciproque. » On sait ce qui s'ensuivit, Marmontel disait que Mme du Deffand était « vaporeuse » et d'un commerce assez rude dans l'intimité. Elle veillait toute la nuit, dormait le jour et se réveillait à six heures de l'après-midi. Mme de Lespinasse était debout à cinq heures et libre pour une heure environ. Pendant cette heure-là, les plus célèbres amis de Mme du Deffand : d'Alembert, Chastellux et Turgot se rendaient dans le petit appartement de Julie et y tenaient un comité plein d'agrément. Mme du Deffand le sut, poussa des cris d'orfraie, chassa Mlle de Lespinasse et ainsi se fondèrent les deux salons rivaux dont la lutte emplit toute cette charmante et frivole époque.

Il est certain que la plupart des salons célèbres se constituèrent aussi bien contre que pour quelqu'un. On verra par la suite de ce récit que les salons Gélif et Carlingue n'échappèrent point à la règle commune. Dans ces sortes de combats, l'amour et la haine offrent un champ d'observation merveilleux. Mme du Deffand n'était qu'esprit et que vanité. Mlle de Lespinasse était toute amour. Quand elle mourut, l'aveugle écrivit ce mot affreux : « Pour moi, ce n'est rien du tout. » La mort elle-même n'avait pu désarmer la haine. Ni Mme Gélif, ni Mme Carlingue n'auraient pu se comparer à Mlle de Lespinasse. En revanche, chacune aurait été capable de jeter sur la mémoire de l'autre la pelletée de terre dont Mme du Deffand gratifia l'ardente et malheureuse Julie : « Ce n'est rien du tout… »

En septembre, les Gélif déménagèrent pour s'installer dans un hôtel particulier. Pendant que les tapissiers travaillaient sous leur direction, les Carlingue s'organisaient sournoisement. Ils avaient, désormais, une alliée en Mlle Estoquiau et une ennemie, non déclarée, mais par là-même fort dangereuse, en Mme Jeansonnet.

Sylvie, ayant repris sa place auprès du maître, choisit un moment où elle le trouva d'excellente humeur pour pousser une pointe en faveur de ses nouveaux amis.

— Vous ne sortez plus assez, lui dit-elle. Je trouve que vous vous engourdissez et que vous ne vous renouvelez pas.

— Voilà du nouveau !

— J'ai fait le connaissance de personnes très aimables à Creville. Vous allez recevoir une invitation que j'ai demandée pour vous. Je suis invitée moi aussi. Nous irons ensemble.

— C'est que… protesta Bigalle.

Sylvie reconnut qu'elle faisait fausse route. Elle assura que les Carlingue étaient des sujets littéraires incomparables, des modèles fort juteux et qu'à recueillir certaines de leurs paroles, un écrivain satirique ne perdrait point son temps. Bigalle dressa l'oreille. De plus, il comprit qu'il n'aurait point la paix chez lui en refusant d'accompagner sa cousine dans cette maison où elle était conviée. Il promit, et Mlle Estoquiau se hâta d'aller en avertir Mme Carlingue qui dissimula soigneusement son triomphe, embrassa la vieille demoiselle sur les deux joues et lui dit : « C'est surtout à vous que nous tenons, soyez en bien persuadée ». Mme Jeansonnet arriva sur ces entrefaites ; elle avait entendu la fin de la conversation ; elle en prit note avec un soin d'autant plus jaloux qu'on négligea de l'inviter. Éternelle erreur, depuis qu'il y a des baptêmes de princes charmants et des mauvaises fées écartées de la fête ! Elle se montra, néanmoins, fort empressée.

Seulement, au sortir de cette maison où elle avait essuyé une grave injure, Mme Jeansonnet s'en fut réfléchir au Parc Monceau. Elle en fit trois fois le tour au petit pas, sans s'arrêter au spectacle extérieur, ce qui est fort bien en ce qui concerne les statues, mais fort dommage en ce qui concerne les fleurs. La promeneuse solitaire était si bien enfoncée dans sa méditation, qu'elle faillit se laisser écraser par un placide équipage de vieille dame dont le cheval obèse allait

XI. — LE STRATAGÈME DE Mme JEANSONNET

pourtant au pas le plus ralenti. « Attention ! » fit le cocher qui était habillé en chef de gare. Mais Mme Jeansonnet ne s'aperçut même pas du danger qu'elle venait de courir. Elle s'écria, à la façon de son mari qui pensait tout haut : « Eh ! parbleu, il y a Lanourant !»

Ce compositeur ne composait presque plus, à vrai dire. Il bénéficiait surtout de ses efforts passés. On le photographiait beaucoup, coiffé d'une calotte grecque comme en portaient les concierges du temps de Schaunard, enveloppé frileusement dans une vareuse. Il avait tant voulu, cherché, convoité la gloire que celle-ci étant venue enfin, l'avait trouvé sans forces, légèrement hébété, étourdi par tant d'hommages tardifs, semblable à un vieil homme qui verrait soudain réalisé le rêve de son enfance et manierait avec des doigts malhabiles le beau jouet trop longtemps attendu. Tandis que Mme Jeansonnet évoquait son nom dans l'allée centrale du Parc Monceau, il se préparait à déjeuner chez lui avec quelques amis. Dans une salle à manger comparable à celles des pensions de famille où l'on ne renouvelle ni le mobilier ni le matériel, les serviettes passées dans des ronds divers allant de l'or massif — don royal — au ruolz cabossé, attendaient les invités. Sur un compotier reposaient des poires superbes, en savon, don d'un industriel épris de musique.

— Louise, dit M, Lanourant à sa femme de chambre, ces messieurs sont là ? Oui. Vous les ferez entrer. J'ai fini de travailler.

Assis, il offrait un buste d'Hercule affaissé, un visage sanguin, balafré, congestionné, hérissé de poils blancs, un visage de vieux samouraï, aux prunelles fixes et coléreuses dans une sclérotique jaunâtre. Debout, comme il était exigu, le buste, énorme, écrasait les jambes vacillantes, des jambes étonnamment fluettes, dans leur pantalon d'horrible laine bleue. Le contraste de ces jambes et du buste était tel qu'on'eût dit l'apparition d'un de ces déguisés de Mi-Carême dont la moitié du corps est cachée par le char.

— Bonjour, chers amis... Asseyons-nous et déjeunons.

Les commensaux : Javrilly, abonné de l'Opéra, non pas un abonné, mais l'Abonné, celui dont c'est l'unique raison d'être, la fonction, l'occupation unique, l'Abonné, terreur de la danseuse et du directeur. Un ami de la musique, mais d'une certaine musique, là musique Javrilly, celle que l'on n'écrit plus. Il sifflote sans cesse et, comme il n'a plus, de dents, cela lui donne l'air de souffler une bouteille ; c'est le diminutif fait homme : il n'avance point, il dansotte ; il ne mange point, il suçotte ; il n'administre pas ses biens, il boursicote. Il ne parle point, il parlotte, fragile et vainqueur, nul et plastronnant. Voici Dondillonne, librettiste inspiré, sans cesse en quête de rimes faibles et M. Zyou, étranger, qui est venu apporter l'hommage de son pays à l'auteur de *Clytemnestre* et de *Frugijera*. M. Zyou a mis l'habit noir avec une brochette de décorations.

— Oh ! reproche Lanourant, il ne fallait pas vous habiller aussi cérémonieusement, nous sommes entre nous.

L'étranger, comme piqué par un dard, se lève, noir comme une taupe, avec des yeux de flamme ; il agite en parlant des mains poilues ; toutes les syllabes sonnent dans sa bouche frémissante :

— J'ai mis l'habit comme pour aller chez un roi ; car je suis chez le roi des sons. Je vois sur ses cheveux briller la triple couronne de l'âge, de la sapience et du génie. Honneur ! Honneur au grand musicien et que les cieux s'effeuillent en pétales de roses sur son front.

M. Zyou se recueille, aspire le plus d'air qu'il peut et pousse un cri guttural. M. Lanourant se lève.

— Chez nous, commence-t-il, les discours sont placés à la fin du repas…

— Chez nous aussi, rétorque M. Zyou ; aussi en ai-je un autre dans la poche, pour tout à l'heure.

— Je répondrai donc tout de suite à ces deux discours par ce mot simple et profond : merci, merci à l'étranger qui, venu de ses lointaines montagnes, a demandé à l'ermite de la musique le pain blanc et le sel pur de l'hospitalité. Louise, servez les harengs, je vous prie.

M. Lanourant, qui était fort riche et fort avare, donnait une explication ingénieuse à ses menus de gala, composés invariablement de harengs grillés, de jambon cru, de salade et de fromage. Il avait, affirmait-il, longtemps étudié les aliments convenables aux intellectuels qui ne peuvent se nourrir comme de simples bourgeois. Or, le hareng possédait, selon lui, toutes les qualités du caviar frais et bien d'autres encore ; les snobs le dédaignaient à cause de son prix inférieur, mais lui, Lanourant, en faisait son aliment favori et il s'en était nourri exclusivement au temps où il composait *Clytemnestre*. Quant au jambon, à condition d'en absorber une petite quantité en tranches fort minces, il avait le privilège de ne point surcharger l'estomac et de laisser la tête libre. Un fromage pour terminer et

XI. — LE STRATAGÈME DE Mme JEANSONNET

pas de fruits dont la crudité est dangereuse, pas de café, pas de liqueurs, pas de tabac, autant de poisons pour l'organisme délicat d'un travailleur. Les centenaires, interviewés, préconisent tous l'eau rougie, voire l'eau fraîche, qui désaltère mieux encore. Javrilly et Dondillonne acquiesçaient en ricanant. Ce discours s'adressait surtout à M. Zyou, dont la mine éclatante annonçait un penchant pour une chère plus généreuse. Le repas fut donc rapidement expédié et quand Mme Jeansonnet se présenta, la table était desservie. Le compositeur fut enchanté de cette occasion de prendre congé de ses invités et il reçut Mme Jeansonnet avec joie :

— Voilà, lui dit-il, l'été qui vient égayer le triste automne.

En route, Mme Jeansonnet avait établi son plan. Elle sortit de son petit sac à monture d'écaille une médaille quelconque qui, selon elle, représentait *Clytemnestre* et elle en fit don au maëstro que cette attention flatta beaucoup. D'ailleurs, nul hommage ne le surprenait et il ne s'étonnait point qu'on s'imposât un dérangement pour contempler ses augustes traits. Après quelques minutes d'une conversation indifférente, Mme Jeansonnet jeta négligemment :

— Au huit octobre, car je suppose que vous irez chez les Carlingue…

— Le huit octobre ? Ai-je reçu une invitation ? Il y a un peu de désordre ici…

— Ils seraient certainement navrés de ne pas vous avoir… Ils inaugurent solennellement leur « season » et je suis sûre qu'ils comptent sur vous.

— Vous verrai-je ?

— Sans doute…

— Alors, cela me décide. Ce sont d'ailleurs de braves gens, simplets, certes mais de braves gens, bien reposants n'est-ce pas ?

— Reposants est le mot.

Et Mme Jeansonnet s'en fut. Lanourant rencontrerait donc, le 8 octobre, chez les Carlingue, son ennemi Bigalle. Cette catastrophe priverait des deux « leaders » le salon Carlingue, et peut être ; par une manœuvre adroite, le salon Jeansonnet en profiterait-il. Tout était bien.

XII. — RENCONTRE

Rien n'est plus touchant que ce besoin qu'éprouvent les civilisés de s'agglomérer pour oublier la mort. Ainsi, les oiseaux frileux, même s'ils ne s'aiment point, se serrent les uns contre les autres dans leur cage, pour avoir moins froid. Il faut envisager avec optimisme ces jeux de société. Ainsi, une soirée comme celle que donnaient les Carlingue en l'honneur de Fernand Bigalle apparaît sous son jour le plus favorable. Loin de blâmer telle vieille dame, abondamment décolletée, on lui sera reconnaissant de ce dernier effort et même des fards superflus dont elle abuse pour faire partager aux autres ses suprêmes illusions. On admirera ce tour si particulier donné à la conversation entre gens qui se connaissent fort peu et qui ne traitent, avec une extrême prudence, que de sujets oiseux, afin de ne froisser personne. On plaindra la maîtresse de maison, anxieuse dans l'attente d'un hôte illustre et qui ne répond que vaguement aux comparses. Si l'on y réfléchit un peu, la foire aux vanités n'exhibe que des victimes. Les femmes surtout paient, chèrement, le moindre plaisir : leur incertitude d'être la plus belle, la mieux habillée ; la torture qu'infligent certains souliers, charmants à voir, douloureux à supporter, le bas fragile et toujours prêt à se rompre, la chaleur qui rend aux cheveux ondulés leur raideur primitive, sont autant de rançons dont il convient de tenir compte.

Quand M. Lanourant arriva, vers onze heures du soir, en disciple de Brummel, qui arrive tard pour partir peu après « une fois l'effet produit », il constata que cet effet était plus grand que de coutume et, comme il n'en devinait pas la raison, il en fut ému.

— Lanourant ! murmura Mme Carlingue à l'oreille de son mari. Mais nous ne l'avons pas invité et il est brouillé avec Bigalle ! C'est un peu fort, par exemple ! Tout est raté !

— Ça dépend, riposta le mari. Voyons venir.

Et il se précipita au devant du maëstro.

— Cher et illustre ami ! que c'est aimable à vous ! Nous vous croyions enfoncé dans votre travail au point de ne plus paraître nulle part. Et vous voilà ! Mathilde, le voilà ! Suzanne, le voilà !

Lanourant s'arrêta pour savourer la petite ovation discrète qui l'accueillait à son entrée dans un salon : « C'est lui... C'est Lanou-

XII. — RENCONTRE

rant… Il ressemble à ses photographies… » Il ne s'en lassait pas. Il ne s'en lasserait jamais. Quand il donnait son nom à la caisse d'un magasin et que l'employé ne lui accordait pas un regard de curiosité, il s'en allait furieux, plein de doute sur son œuvre, et de rancune contre le magasin. Le monde le rassurait pleinement. Il y prenait un bain quotidien d'orgueil. Et, vraiment, il paraissait né pour jouer ce rôle. Il y avait quelque chose d'artiste, d'impétueux, d'original, qui s'imposait, dans la coupe de son habit et dans le nœud de sa cravate. Il donnait la main aux messieurs comme un député en tournée ; il baisait la main des dames avec la condescendance de ce même député, embrassant les mioches électoraux, en fermant les yeux, pour ne point établir de différence entre ceux qui sont débarbouillés et ceux qui ne le sont pas. Enfin, il faisait à autrui ce qu'il désirait qu'on lui fît. Il décochait au moindre peintre : « Ah, votre exposition ! quelle merveille ! » Le dernier roman de tout romancier qui l'abordait devenait, dans sa bouche, un chef-d'œuvre impérissable. Il avait l'enthousiasme chaleureux et vague d'un qui n'a ni regardé le tableau, ni lu le livre. Il réservait sa sévérité à ses confrères. Les musiciens ne lui arrachaient qu'un : « Ah ! Ah ! » dont personne n'avait jamais su dire s'il était de louange ou d'ironie : « M. Rocambeau… oui… j'ai entendu votre dernière symphonie… Ah ! Ah ! » Et il se frottait les mains, avec cruauté. Il disait : Ah ! Ah ! mais il pensait : Oh ! Oh ! en général et bien rarement : Eh ! Eh ! quand il s'agissait d'une œuvre exquise. Dans ce cas, il réservait son approbation publique et la remettait à une date ultérieure. Il arrivait que le musicien mourait dans l'intervalle. Alors, il admirait sans réserve et il mettait même au service de l'œuvre d'un concurrent disparu un des plus prodigieux talents de virtuose qui eût existé. Il n'avait rien livré au public, depuis dix ans, pour ne pas être arraché à cette illusion qui était sa vie même et sa raison d'être. Un échec l'eût anéanti et nul succès humain n'eût correspondu à ses ambitions. Il préférait subsister de ses œuvres consacrées ; il croyait les reconnaître dans cet air que sifflait un gamin, sur ce piano aperçu par la fenêtre ouverte d'un rez-de-chaussée, dans la sonnerie d'une horloge, dans les travaux des autres compositeurs, partout, enfin…

Mais, ce soir-là, il eut, chez les Carlingue, la sensation imprécise que quelque chose était changé et qu'il flottait dans l'air une odeur ennemie. Mme Carlingue le remit à sa fille, qui l'entraîna, et le fit asseoir dans un cercle de jeunesse. Immédiatement, une demoiselle lui mit sur les genoux un petit album et lui tendit un stylographe :

— Cher maître, un petit autographe, par charité ?

Lanourant s'inclina.

— Il y a beaucoup de musiciens dans votre album ? demanda-t-il.

— J'y ai collé une page de Rameau. H n'y aura que Rameau et vous,.

— Rameau est immortel, confessa Lanourant. Vous n'avez pas mal choisi. Ce disant, il ouvrit l'album. Mais son nez se fronça, ce qui était, chez lui, l'indice d'une vive contrariété. Sur là dernière page s'étalaient, d'une encre fraîche, semblait-il, huit vers signés Fernand Bigalle, qu'accompagnaient cette mention : « Pour être mis en musique. » Lanourant émit le : « Ah ! Ah ! » qu'il réservait, d'habitude, aux seuls compositeurs et qui n'annonçait rien de bon. Sous la signature de Bigalle, en manière de réplique, il inscrivit donc, d'une grosse écriture carrée : « Le grand Rameau eût aimé mettre en musique un numéro de la Gazelle de Hollande. » Et il signa. Puis, il referma l'album et, exaspéré par la seule vue d'une écriture antipathique, il se dirigea vers le piano, s'assit et préluda. Lës conversations s'éteignirent une à une, soufflées par des : « Chut ! Chut ! » discrets ou impérieux.

— Lanourant commence à jouer. Il va y avoir une catastrophe ! se désola Mme Carlingue.

Il y eut une catastrophe, en effet. Quand le compositeur crut le silence à peu près rétabli^ il continua de plaquer, selon sa coutume, des accords improvisés, dont il se régalait béatement. Une seule voix persistait. Lanourant joua un peu plus fort, puis plus doucement, l'oreille tendue. La voix s'entêtait : « Non ! Ce n'est pas possible ! sifflait entre ses dents le compositeur, au rythme de son inspiration... ce n'est pas possible... ce n'est... pas... possible... » Il s'arrêta net. La voix continua. Et cette voix disait : « Mon éditeur a déjà le premier volume... C'est Une trilogie. » Un bruit définitif retentit, celui du piano que fermait Lanourant. Il se dressa, la crinière en révolte, se retourna et jeta à Fernand Bigalle : « Continuez, je vous en supplie ; jé serais désolé de vous déranger. »

Bigalle écarquilla les yeux, assura son monocle, tourna le dos et

XII. — RENCONTRE

s'en fut dans un autre salon, où Mlle Estoquiau, pompeusement parée, ne tarda pas à venir le rejoindre :

— M. et Mme Carlingue vont venir s'excuser auprès de vous, dit-elle. Ils sont d'autant plus désolés qu'ils n'avaient pas invité Lanourant. Ces pauvres gens sont navrés. Soyez aimables et n'allez pas les rendre responsables de la goujaterie de cet individu.

« Aucune importance ! Aucune ! » jugea Bigalle en souriant, tandis que Mme Carlingue jurait ses grands dieux que jamais elle n'eût invité Lanourant le soir où elle avait l'honneur de recevoir pour la première fois… Pendant ce temps, Carlingue, qui avait l'invention courte, tenait le même langage au compositeur :

— Nous n'avions pas invité Bigalle. C'est un de ses amis qui nous l'a amené. De grâce, prouvez-nous que vous n'êtes pas fâché. Jouez-nous encore quelque chose.

— Tout de suite ! Tout de suite ! Je vais vous jouer la seule musique qu'il aime et qu'il comprenne.

Et Lanourant joua incontinent sur le piano la *Polka des Côtelettes*. On rit beaucoup et on applaudit très fort, Bigalle le premier.

— Monsieur, dit-il en s'avançant, j'ai déjà eu, je crois, le plaisir de vous rencontrer une fois. Je vous avais parlé de ma prédilection pour ce petit morceau. C'est tout aimable à vous de vous en être souvenu.

— Une amabilité en vaut une autre. Puis-je vous demander de nous réciter quelque chose de bien facile ? La littérature n'est-elle pas le divertissement des honnêtes gens ?

— Hélas ! je ne suis pas exécutant !

— Comment, vous n'êtes pas exécutant ! Comment !… Mais, moi non plus, monsieur, je ne suis pas exécutant ! Par exemple !…

Quelques invités, que l'effroi de M. et Mme Carlingue apitoyait, s'interposèrent et, comme dans une figure de cotillon, deux groupes se formèrent autour du compositeur et de l'écrivain. Chacun d'eux ne resta que dix minutes après cette algarade. Leur départ précipité jeta Mme Carlingue dans des abîmes de fureur.

— C'est un coup de la mère Gélif, s'écria-t-elle, mais elle ne perdra rien pour attendre. Nous n'avons pas fini de rire !

— Sois prudente ! gémit le pauvre époux.

XIII. — NOUVEAU MÉFAIT DU TÉLÉPHONE

Mme Carlingue ne suivit pas ce conseil. Animée d'un vif désir de vengeance, elle se procura la liste des invités des Gélif pour la quinzaine suivante. Quand elle fut en possession de ce précieux document, elle consulta l'annuaire en secret et, le matin même, téléphona à chacun des convives pour leur annoncer que le dîner était ajourné :

— Je suis la femme de chambre. Madame a comme qui dirait une forte fièvre scarlatine, à moins que ce ne soit la variole ; le docteur n'a pas encore décidé.

Ce soir-là, les Gélif dînèrent en famille avec M. Jeansonnet sur une table où quatorze couverts étaient somptueusement dressés. À neuf heures, prête à s'évanouir de faim et d'indignation, Augustine n'écoutant point M. Jeansonnet qui répétait : « On dîne si tard aujourd'hui... Patientez encore un peu... Ils viendront tous ensemble, comme toujours » s'était ruée sur l'instrument dont sa rivale venait de faire un si détestable abus. Mme Muteau, une des invitées, l'ayant mise au courant, Mme Gélif rentra, livide, dans la salle à manger et annonça :

— La Carlingue a décommandé nos invités en se faisant passer pour notre domestique. Il faut que cela finisse, d'une manière ou d'une autre. Je ne suis qu'une femme. À toi d'agir, Alfred.

— J'agirai, décida Alfred. C'est un peu fort. Il y a des tribunaux...

— Je te laisse libre. En attendant, passez seulement le potage, le poisson et la glace. Tout ce qui n'est pas susceptible de se gâter nous servira demain. J'organiserai un déjeuner. Qu'as-tu l'intention de faire, Alfred ?

— Je giflerai Carlingue, ponctua M. Gélif.

— Réfléchissez bien... Un tel geste !... Il vaudrait peut-être mieux, intervint M. Jeansonnet... Pensez donc : une gifle... Et, après ?

— Après, il l'encaissera et voilà tout, répondit Mme Gélif. Vous ne le voyez tout de même pas aller sur le terrain, ce criquet ! D'ailleurs, s'il fait un geste, Alfred l'écrasera. Rira bien qui rira le dernier. Lucien, je ne te demande pas ton opinion.

Lucien n'avait pas la moindre envie de la donner. Il songeait à Suzanne, dont tout l'éloignait maintenant. Comme si elle avait lu

XIII. — NOUVEAU MÉFAIT DU TÉLÉPHONE

dans sa pensée, Mme Gélif reprit :

— Les Carlingue auraient un fils, que tu le provoquerais. Malheureusement, ils n'ont qu'une fille.

— J'irai dès demain au cercle, déclara M. Gélif et je souffletterai cette crapule en public.

— Ton potage va refroidir, remarqua tendrement Augustine.

— Je n'ai pas faim…

— Tu le souffletteras avec ton gant, cela se fait. Après quoi, il demandera certainement à des témoins complaisants d'arranger l'affaire. Tu constitueras les tiens et je suppose que l'on rédigera un bon petit procès-verbal, bien déshonorant pour lui et que nous publierons dans tous les journaux.

— Je pourrais servir comme témoin, proposa M. Jeansonnet.

— Vous n'avez pas l'habitude, rétorqua rudement Mme Gélif Et puis, il faudra choisir des noms ronflants. Servez-nous le quart du poisson, ma fille. Je n'ai plus d'appétit.

Ainsi fut décidée la rencontre qui constitua un incident unique dans les annales du *Cercle du Commerce en gros et des Arts plastiques*, club tranquille s'il en fut et où de bons pères de famille s'assemblent, de cinq heures à huit heures, pour se livrer aux charmes du bridge ou du jeu d'échecs. M. Gélif, vêtu d'une redingote impressionnante, coiffé d'un chapeau haut de forme, tenant à la main des gants noirs, prit l'ascenseur, et reconnut dans le collègue qui montait avec lui, M. Carlingue lui-même. Désireux de tenir sa parole le plus vite possible, il faillit à ce moment caresser de son gant funèbre le visage exécré de son ancien associé. Mais celui-ci se faisait tout petit. Au surplus, le groom, chargé du service de l'ascenseur, constituait un public insuffisant. M. Gélif sortit donc le premier, remit son tube au vestiaire et pénétra dans le salon de lecture, où il parcourut un journal. Il commanda une orangeade, car il avait la gorge sèche et la langue râpeuse et, après l'orangeade, un porto blanc. Après quoi, il chercha son adversaire dans les endroits où il était sûr de ne pas le trouver, c'est-à-dire le lavabo, la salle de billards et la salle à manger. M. Touquard, un de ces officieux dont l'intervention est toujours malencontreuse, l'aborda :

— Vous cherchez quelqu'un, Gélif ?

— Non… c'est-à-dire, oui… sans doute…

— Je vous trouve mauvaise mine, mon vieux,

— Je fume trop.

— Vous plairait-il de faire une partie de dames ?

— Non, merci. Il y a toujours une salle d'armes, ici ?

— Oui ; mais, comme on ne trouvait plus d'amateurs, on y joue au bridge. Votre ancien associé, Carlingue, vient d'organiser une partie avec Tholm, Simbleau, Grémial et Emeu.

Tel un désespéré, encore indécis et qui envoie au commissaire de police une lettre pour lui annoncer qu'il a mis fin à ses jours, M, Gélif jugea le moment venu de couper les ponts derrière lui et de s'interdire toute retraite.

— Je ne suis pas fâché que Carlingue soit ici, balbutia-t-il.

— C'est lui que vous cherchiez ?

— Oui.

— Vous êtes réconciliés ?

— D'une drôle de façon. Je le cherche pour le gifler.

— Non !

— Si.

— Mais, dites donc, c'est grave, ça…

— Sans doute.

— Attendez cinq minutes pour qu'il y ait beaucoup de monde.

Ainsi parla M. Touquard, et il disparut pour répandre la bonne nouvelle « Gélif va gifler Carlingue, dépêchez-vous ; ne ratez pas ça… »

Bientôt, il n'y eut plus que le principal intéressé pour ignorer ce qui allait se passer. Le pauvre homme jouait au bridge le plus innocemment du monde. Et même, il gagnait.

— Vous êtes sortant, lui dit quelqu'un.

Il se leva, constata avec surprise que la salle s'était remplie et remarqua, avec bonne humeur : « Eh ! mais, on fait le maximum, ici ! » Les assistants s'écartèrent sur son passage et, au bout de la haie qu'ils formaient, M. Carlingue aperçut, énorme, imposant, solennel et de noir vêtu, son ancien associé, qui lui barrait le passage :

— Quoi ? Qu'y a-t-il ? bégaya M. Carlingue, en s'abritant derrière une table.

XIII. — NOUVEAU MÉFAIT DU TÉLÉPHONE

M. Gélif calcula qu'il ne pourrait l'atteindre qu'en lui lançant le gant à distance. Il se méfia de son adresse.

— Il y a, monsieur, prononça-t-il, que j'ai un mot à vous dire, en particulier.

— Je n'ai pas beaucoup de temps.

— Vous le prendrez. Suivez-moi.

Une rumeur de désappointement s'ensuivit. M. Gélif poussa la porte d'un cabinet de toilette, qui servait de salle de douche au temps où les membres du cercle s'adonnaient à l'escrime. Il laissa passer M. Carlingue et ferma la porte soigneusement, en expliquant :

— Inutile de nous donner en spectacle.

— Quel spectacle ?

— Le spectacle d'un monsieur qui en gifle un autre.

— Vous avez donc l'intention de me gifler ?

— Oui, monsieur.

— Au secours !

— Taisez-vous ! Vous êtes ridicule.

— C'est un guet-apens !

— Mesurez vos paroles.

— Et vous, laissez-moi m'en aller.

— Non, tu entends, Adolphe. Veux-tu venir ici de bonne volonté, que je te gifle ?

M. Carlingue avait trouvé une autre table. Il s'était planté résolument derrière cet abri, auquel il s'agrippait à deux mains, tel un enfant qui déjoue son camarade en utilisant tous les obstacles.

— Tu n'es pas fou ! s'écria-t-il. Me gifler, maintenant ?

— Tu n'y échapperas pas.

— Toi, je te connais : tu as dû promettre cela à ta femme.

— Un bon conseil : ne l'insulte pas.

— Veux-tu que je me considère comme giflé ? Cela se fait, entre gens du monde. Ça y est, je me considère comme giflé.

— Bon. Et, maintenant, j'attends vos témoins.

— Pourquoi ?

— Pour nous battre.

— C'est grotesque, et je me fâcherai, à la fin.

— Vous expliquerez cela à vos témoins, poltron.

— Poltron ? Non. Je ne suis pas poltron. Seulement, je vais t'expliquer, Alfred : je ne peux pas arriver à te haïr.

— Même depuis que je t'ai giflé ?

— Oh ! tu sais, quand la joue ne cuit pas !...

— Enfin, tout le monde est au courant, de l'autre côté, et ils doivent se demander...

— Nous ne sommes pas d'un cercle bien belliqueux : vois ; on a renoncé à l'escrime. Alfred, c'est, sans doute, la dernière fois que nous nous rencontrons et que nous nous parlerons. Assieds-toi. Veux-tu un cigare ?

— Non, merci.

— Ce sont ceux que tu aimes.

— J'en ai dans ma poche.

— Allons, prends un des miens. Personne ne le saura et, si tu veux, en sortant d'ici nous donnerons aux bons camarades l'impression que nous nous sommes colletés comme des charretiers. Je reconnais les torts de ma femme. Que veux-tu ? C'est la tienne qui a commencé.

— Non.

— Je te le prouverai quand tu voudras. Assieds-toi donc sur ce tabouret ; moi, je m'assiérai sur ce tub retourné. Alfred, je te propose une alliance secrète.

— Je ne t'écoute même pas.

— Si, tu m'écoutes, car tu sens Bien que j'ai raison !...

À partir de ce jour, Gélif et Carlingue se rencontrèrent subrepticement chaque jour dans un petit café du quartier La Fayette. La, assis l'un à côté de l'autre, dans l'ombre d'une petite salle, ils devisaient de leurs affaires passées, présentes et futures, en savourant de modestes sirops. Pour tout le reste du monde, ils étaient brouillés à mort. Chacun d'eux avait montré à sa femme un procès-verbal imaginaire signé de non moins imaginaires témoins et rédigé pour leur donner à chacun le rôle le plus éclatant. La publication dans les journaux évitée grâce à cette formule décisive : « Cela ne se fait plus », les anciens associés reprenaient doucement

XIII. — NOUVEAU MÉFAIT DU TÉLÉPHONE

leur camaraderie d'antan et se berçaient de souvenirs qui, pour être accompagnés de chiffres, n'en avait pas moins pour eux une douce poésie. Ils s'étaient juré aide et assistance mutuelle en tout ce qui concernerait leurs affaires de ménage et les complications qu'essaieraient de provoquer dans l'avenir leurs irascibles épouses.

Mais leurs salons prirent tout à coup une importance qui étonnait jusqu'à Mme Carlingue et Mme Gélif. Fernand Bigalle, piqué au jeu, s'était amusé à transporter ses causeries chez Mme Gélif pour faire pièce à Lanourant qui battait le rappel en faveur du salon Carlingue. Ce n'étaient plus ces réunions amorphes avec convives choisis dans le Bottin, selon l'expression de Mme Gélif. Pour plaire à Bigalle, il fallait se montrer assidu chez ses nouveaux amis. Mlle Estoquiau, vaincue, ne pouvait plus rien pour les Carlingue, sinon les exhorter à la patience. Mais Lanourant recevait chez les Carlingue. Il y donnait de véritables récitals. Il y convoquait une multitude docile, extasiée. La politique s'en mêla. On croit bien que le groupe Carlingue n'adopta une opinion qui fit tant de tapage et exerça une influence si réelle, que parce que le groupe Gélif avait adopté l'opinion opposée. Le bruit se répandit que des élections de toutes sortes se préparaient là et les candidats abondèrent. Chaque groupe avait sa police admirablement organisée. On sut, le 24 novembre à midi, chez les Gélif, que M. Hupeau s'était montré la veille chez les Carlingue et Fernand Bigalle se chargea lui-même de liquider M. Hupeau s'il avait le front de se représenter devant lui. Il eut ce front et Bigalle le terrassa d'un : « Il faut choisir. Vous avez choisi, je regrette beaucoup. » Sans qu'il se l'avouât, Bigalle, malgré son âge et sa philosophie, était agacé par les succès mondains de Lanourant et par ces hommages qui ne vont qu'aux virtuoses. Cependant, la lutte garda un certain caractère de courtoisie, grâce à la trahison mutuelle de M. Carlingue et de M. Gélif, qui continuaient à se réunir dans leur petit café et à essayer d'établir leur tranquillité au milieu de cette tempête. Ils passaient de bonnes heures tous deux, qui les vengeaient. Leur rôle restait, en effet, assez neutre et assez effacé. On les considérait comme des négociants qui avaient eu beaucoup de chance, qui donnaient de bons vins, des primeurs intéressantes et de beaux fruits à leurs invités, mais qui étaient incapables de sortir de leur chaudronnerie. Au contraire, Mme Gélif et Mme Carlingue prenaient une réputation solide de femmes intelligentes et averties. Beaucoup d'artistes les consultaient avant de livrer leur travaux au public et comme elles disaient de tout : « C'est un chef-d'œuvre, je vous garantis un succès énorme », on leur restait fidèle. L'expérience avait beau démentir parfois les prédictions de ces somnambules optimistes, leur réputation de double-vue ne s'en ressentait point. Elles n'allaient plus au théâtre qu'aux répétitions générales et dans l'avant-scène des meilleurs amis de l'auteur. Ainsi, même au théâtre, il était impossible qu'elles se rencontrassent.

« Lanourant veut nous faire déménager ; il nous trouve à l'étroit ; il jure que vous allez prendre une maison plus grande. Nous ne bougeons pas, hein ! » disait Carlingue à Gélif. Et Gélif répliquait : « Il est entendu que si tu ne déménages pas, nous ne déménageons pas non plus ! » De même, ils s'entendaient pour fixer le nombre des plats et l'âge des vins, afin de ne pas se ruiner par la concurrence.

— Comme ils sont renseignés ! disaient leurs femmes. Et dire qu'il n'y a pas moyen de trouver le traître !

Ils s'entendirent pour supprimer le champagne au dîner et pour fixer l'heure du départ à minuit et demi. Ils se communiquaient leurs listes d'invités.

— Ah ! s'écria un jour Carlingue, si nous nous étions aussi bien compris quand nous étions associés, nous serions millionnaires aujourd'hui !

XIV. — L'INGÉNIEUX STRATAGÈME.

Le chauffeur de Mme Carlingue ayant décidé de prendre un congé, estima que le moteur avait besoin d'une réparation. Mme Carlingue et Suzanne, en l'absence de tout autre moyen de locomotion, durent donc prendre le métropolitain à la station Sèvres-Croix-Rouge. Elles trouvèrent deux places assises. Et Suzanne reconnut Lucien Gélif, qui se trouvait derrière elle, sans que Mme Carlingue pût l'apercevoir, Lucien, qui devait descendre à la station suivante, resta là, écoutant de toutes ses oreilles. Il ne devait pas s'en repentir.

— Mère, s'écria Suzanne, j'irai, dorénavant, tous les mercredis, à deux heures précises, au Musée du Louvre.

— En voilà une idée ! s'étonna Mme Carlingue.

XIV. — L'INGÉNIEUX STRATAGÈME.

— Mercredi prochain, je verrai la salle Houdon.
— Et qui t'accompagnera ? Les musées me donnent la migraine...
— J'irai seule. Je vaudrais prendre des croquis.

Lucien n'en entendit pas davantage. Le mercredi suivant, à une heure et demie, il préludait à cette entrevue, dont il se promettait tant de joie, en admirant les œuvres immortelles, où l'esprit français a atteint le plus haut sommet du génie. La salle, particulièrement froide et maussade, où tout le XVIIIe siècle sourit, lui parut s'éclairer définitivement à l'arrivée de Suzanne.

— Ah ! dit-elle, il faut que je prenne les initiatives ! S'il n'y avait quo nous, nous nous contenterions pendant des années de nous rencontrer sans même pouvoir échanger un salut, le dimanche matin, au Bois de Boulogne. Cela vous suffit-il ?

— Non, hélas !

— Lucien, rayons le mot hélas ! de notre programme. Ce n'est pas un mot qui nous concerne. Avez-vous une idée ?

— Pas encore.

— Moi, j'en ai une. De jour en jour, le fossé se creuse entre nos parents. L'univers entier, c'est-à-dire les cinq cents personnes qui composent le Tout-Paris ; est au courant de notre querelle. Cela devient historique et traditionnel. Est-ce une raison pour abandonner tout espoir ?

— Non !

— Au contraire. J'adore les situations embrouillées. Cela m'inspire. J'ai un plan, Lucien, un plan magnifique. Lanourant et Bigalle ont envenimé le combat. A eux de le faire cesser.

— Comment ?

— Supposez que nous arrivions à les réconcilier, à en faire une paire d'amis, mieux encore : des collaborateurs. Ils cesseront, l'un de travailler pour le salon Gélif, l'autre, pour le salon Carlingue et, qui sait, s'ils ne les déserteront pas ? Affolement de nos mères. Nous apparaissons, alors. Nous confions nos espoirs au romancier et au musicien et ils promettent de revenir au cas où l'on permettrait aux salons rivaux de fusionner par un mariage : le nôtre...

— C'est magnifique !

— Ne perdons pas de temps et passons à l'exécution. Je vous

écoute.

— Dame ! Vous me prenez un peu de court.

— Pauvre Lucien ! Moi, j'ai travaillé. J'ai déniché sur les quais un petit ouvrage en vers de Fernand Bigalle, un péché de jeunesse qu'il doit adorer, car tout poète a un penchant pour la prose qu'il a pu commettre et vice versa. Ce petit livre en alexandrins faiblards m'a bien ennuyé, mais quelque chose me disait qu'il nous tirerait d'embarras et je l'ai lu jusqu'au bout. Cela s'appelle les *Corybantes*. C'est un opéra-ballet, en somme, sans la musique… Vous me voyez venir…

— Ün peu… mais faites comme si je ne voyais pas…

— Cette musique, il faut que ce soit Lanourant qui s'en charge. Faisons-les collaborer. Je vous ai apporté le bouquin : le voici. Savez-vous ce qu'étaient les Corybantes ?

— Vaguement.

— Les Corybantes criaient et dansaient beaucoup.

— Voilà l'opéra tout fait !

— Soyez sérieux. Je continue : *ils furent chargés d'élever Jupiter pour empêcher, par le bruit de leurs danses, que les cris de cet enfant ne parvinssent jusqu'aux oreilles de Saturne, qui l'aurait dévoré…*

— Savoir si Bigalle ne partage pas l'avis de ce poète qui écrivait : « Défense de déposer de la musique le long de ces vers. »

— Il sera, au contraire, très flatté que l'on songe encore à ce vieux livre, oublié de tous depuis quarante-trois ans. Allez le trouver ; dites-lui : « Lanourant meurt d'envie d'écrire un opéra sur vos *Corybantes*. » Je dirai à Lanourant : « Bigalle vous fait grise mine, parce que vous ne lui avez jamais offert de tirer une partition d'une de ses œuvres. Or, je sais qu'il serait fort heureux si vous lui offriez de mettre ses *Corybantes* en musique. Mais, vous pensez bien qu'il est trop vaniteux pour vous faire la proposition. Voulez-vous qu'elle émane d'un tiers, de M. Jeansonnet, par exemple ? »

— Ah ! Suzanne, mais c'est génial tout bonnement ! Et dire que vous pourriez si bien vous contenter d'être jolie !

— Trêve de fadeurs ! Votre future femme vous inspire-t-elle confiance ?

— Je lui remettrai sur un plateau d'or les clefs de notre maison et celle de notre destinée. Voyez sur son piédestal, Voltaire, qui vous sourit avec admiration…

— Mais nous ne sommes pas au bout de nos peines.

— Le chemin qui mène au bonheur est compliqué, Suzanne.

— Tant mieux ; la grand'route est fade… Laissez-moi prendre un croquis pour justifier ma présence ici.

— Vous savez donc dessiner, aussi ?

— Non… mais, où serait le mérite ?

XV. — COLLABORATION.

Il n'y a que dans les romans que les plans concertés à l'avance se trouvent rigoureusement confirmés par l'événement. La vie est plus fantaisiste. Tout d'abord, les choses se passèrent ainsi que l'avait voulu Suzanne. M. Jeansonnet, mis au courant, accepta de jouer un rôle dans cette comédie classique où les amoureux devaient triompher. Il accepta, non sans crainte, car il prévoyait de sérieuses atteintes à sa tranquillité. Mais le moyen de résister à Lucien suppliant, à Suzanne persuasive : « Vous verrez, tout ira à ravir. » Il répliqua : « J'en doute, mes enfants, j'en doute ! » Et il voulut se récuser, mais il ne trouva même pas le moyen de placer une objection. Il céda donc, en soupirant : « J'avais, cependant, juré de ne plus jamais mettre le doigt entre l'arbre et l'écorce ! »

Bigalle eut un haut-le-corps en apprenant que Lanourant souhaitait tirer un opéra-ballet des *Corybantes*.

— Comment, interrogea-t-il, cet illettré peut-il connaître ce livre ?

M. Jeansonnet changea de conversation et finit par obtenir du maître la promesse qu'il viendrait à un rendez-vous sur terrain neutre, c'est-à-dire dans là petite chambre du boulevard des Capucines. Quant à Lanourant, mis au courant par Suzanne, il s'écria :

— Parbleu ! Je l'aurais parié ! J'attendais cette proposition et j'étais bien sûr qu'elle viendrait !

— Bigalle, lui dit Suzanne, est tellement vaniteux qu'il faut ménager sa susceptibilité et lui laisser croire, par exemple, que la proposition vient de vous.

— Si cela peut lui faire plaisir ! Je sais m'y prendre avec les malades de ce genre !

Une heureuse chance voulut que la lecture des *Corybantes* enthousiasmât le compositeur :

— Ce sont, jugea-t-il, des vers assez mauvais pour que je puisse les disloquer sans scrupule. Et il y a matière à une belle mise en scène. D'ailleurs, j'avais envie de travailler, et autant ce sujet-là qu'un autre. Si je voulais me donner la peine d'écrire un livret, j'ose dire qu'il serait autrement tourné ; mais, ces messieurs de la critique musicale n'aiment point les livrets de compositeurs. Vous pouvez dire à Bigalle que je consens.

Quelques jours après. M. Jeansonnet recevait chez lui les futurs collaborateurs. La première entrevue faillit mal tourner.

— Je suis très heureux, commença l'écrivain, que vous ayez choisi mon livre…

— Ah ! pardon, coupa Lanourant. Établissons tout d'abord…

— N'établissons rien, s'écria M. Jeansonnet alarmé, et buvons un verre de frontignan au succès de votre collaboration.

Une surprise l'attendait. Bigalle lui offrit d'écrire avec lui le livret inspiré par les *Corybantes*. M. Jeansonnet faillit en tomber à la renverse. Il débuterait donc, la soixantaine passée, aux côtés d'un collaborateur illustre ! La joie, les quelques larmes d'émotion qu'il versa, accomplirent ce miracle d'unir, tout au moins momentanément, le poète et le compositeur. Ils s'en furent dîner de compagnie. À dix heures, M. Jeansonnet, ivre d'émotion, rentra chez lui. Bigalle et Lanourant se promenèrent longuement sous un ciel criblé d'étoiles. Ils se découvrirent un amour commun pour les quais de Paris à ces heures nocturnes où la Seine est confidentielle. Lanourant accompagna Bigalle, Bigalle accompagna Lanourant. Ils ne pouvaient plus se quitter et ils prirent rendez-vous pour le lendemain soir. Lanourant réveilla le vieux piano de Bigalle, endormi depuis tant de lustres et qui chanta avec douceur sous les doigts amicaux qui le sortaient de sa léthargie. Il eut l'habileté de ne rien jouer de lui jusqu'à ce que Bigalle lui eût demandé de laisser là Rameau et Scarlatti pour lui faire écouter sa dernière composition.

Mlle Estoquiau, convoquée, fut priée de garder le secret le plus absolu sur cette collaboration. Elle promit.

Mais Mme Jeansonnet l'avait invitée pour le vendredi sui-

XV. — COLLABORATION.

vant. Mme Jeansonnet, ne pouvant lutter contre Mme Carlingue et Mme Gélif, recevait quelques intimes et donnait à danser dans l'impossibilité où elle était d'organiser des dîners électoraux et des conférences sensationnelles. Elle avait un orchestre de nègres, mais elle le cachait derrière un paravent.

Pendant que les salons Gélif et Carlingue empruntaient à la célébrité de Bigalle et de Lanourant un éclat magnifique, le salon Jeansonnet déclinait à vue d'œil. Le jazz-band, le fox-trot, le tango n'attiraient chez elle que des couples désireux d'évoluer sans payer un droit d'entrée à la porte et de souper à bon compte. À vrai dire, les invités agissaient exactement comme s'il se fût agi d'un palace ou d'un cours de danses. À peine s'ils souhaitaient le bonjour à la maîtresse de maison en entrant et c'était tout juste s'ils la remerciaient en sortant. Mme Jeansonnet, en leur dédiant ses mines les plus affables, songeait : « Comme je vous flanquerais à la porte, si j'avais seulement de quoi vous remplacer ! » Mlle Estoquiau devina cette aigreur.

— Êtes-vous capable, lui dit-elle, de garder un secret ?

— Je suis un tombeau, chère mademoiselle.

— Un vrai tombeau ?

— Parlez vite. Vous me désobligez en doutant de ma discrétion.

— Eh bien ! M. Bigalle et Lanourant ne se quittent plus.

— Que m'apprenez-vous là ?

— Chut. Parlons bas !

— Personne ne nous écoute.

— Voilà : Monsieur a confié à Lanourant ses *Corybantes*, dont M. Jeansonnet va tirer un livret.

— Dans ce cas, je suis bien tranquille. Puisque M. Jeansonnet fait partie de la combinaison, elle n'aboutira pas, je vous le jure. M. Jeansonnet ne peut écrire que des épigrammes… Ce sont de petites méchancetés en vers qu'il dirigeait tout spécialement contre mes amis et contre moi… oui, ma chère demoiselle, car il y disait tout le mal possible des femmes, et dire du mal des femmes équivaut à en dire de la sienne, n'est-il pas vrai ?

— Mais si Lanourant et Bigalle restent amis ?…

— Les salons Gélif et Carlingue sont flambés.

— Voilà où je voulais vous amener.
— Cela me fera beaucoup de peine pour Mme Carlingue.
— Tant que cela ?
— Oui… enfin… un peu…
— Allons, soyez franche : Mme Carlingue…
— Nous sommes d'accord…
— Qui sait si, sur les ruines de ces deux salons-là, nous ne pourrons pas édifier le salon Jeansonnet ?
— Vous oubliez mon mari.
— Il n'est méchant qu'en vers.
— Ouiche ! Il me hait.
— La haine est une forme de l'amour.
— Pas chez M. Jeansonnet.
— Vous êtes trop modeste.
— N'insistez pas. Cet homme m'a fait souffrir jusqu'à la mort… Mais il faudra tout de même suivre cette histoire-là. Je suis invitée la semaine prochaine chez les Carlingue. Si Lanourant manque à l'appel, je m'amuserai comme une folle.
— Il doit donner à son collaborateur un premier gage et ce gage consiste à abandonner une réunion où se concertaient tous les ennemis de Bigalle.
— De même, Bigalle se doit de lâcher les Gélif, qui avaient pris Lanourant comme tête de Turc.
— Ce n'est pas trop tôt ! Je suis bien contente.
— Moi aussi.

Elles se turent, car les nègres hurlaient en chœur. Mme Jeansonnet s'abandonna à une douce rêverie… Mme du Deffand… Mme Joffrin… Mme Récamier… Mme Jeansonnet…

Les nègres s'évanouissaient, remplacés par Lanourant au piano, tandis que Bigalle, accoudé à la cheminée, émettait ses plus séduisants paradoxes devant un parterre, composé de notabilités éblouissantes, d'ordres divers… Les journaux parlaient de Mme Jeansonnet. Mme Jeansonnet recevait les romans fraîchement parus, avec dédicaces admiratives. Elle avait sa loge, aux répétitions générales. Elle s'entourait de jeunes poètes et de jeunes musiciens…

— Madame, vint lui dire Je valet de chambre, il y en a qui demandent des cartes et des jetons, pour jouer au poker.

— Donnez-leur ce qu'ils demandent ! s'écria Mme Jeansonnet. Et elle ajouta, *in petto* :

— Ils jouissent de leur reste !

XVI. — RETOUR AU FOYER CONJUGAL.

Bigalle et Lanourant en étaient à cette lune de miel de l'amitié où l'on multiplie volontairement les sacrifices.

— Le salon Carlingue dit beaucoup de mal de vous ; j'abandonne le salon Carlingue, proposa le premier.

— Et moi, répartit l'autre, je lâche le salon Gélif, pour la même raison.

— Pas un mot à Jeansonnet, qui essaierait de tout arranger. Au fond, ces bourgeois m'assommaient.

— Mon cher ami, vous me ravissez !

Le premier jour, l'abstention de Bigalle chez les Gélif et de Lanourant chez les Carlingue, passa inaperçue. Il y avait une affluence considérable. Les salons bénéficiaient de la vitesse acquise. Seules, Mme Carlingue et Mme Gélif s'inquiétèrent. Elles tâchèrent de joindre leurs vedettes au téléphone. En vain. Elles écrivirent et reçurent des réponses vagues : On avait beaucoup à travailler. Le temps était froid et la pluie redoutable, le soir, pour les personnes d'un certain âge ! Mme Gélif flaira une rupture et, dans son ignorance, commit la pire des maladresses. Elle écrivit à Bigalle :

« MON CHER GRAND ET ILLUSTRE AMI,

« Venez, sans faute, jeudi soir, pour la galette des Rois. Nous avons imaginé de décerner la couronne au suffrage universel et de nommer un roi des Idiots. Vous pouvez imaginer à qui reviendra la couronne et que le sieur Lanourant aura l'unanimité des suffrages. On en fera quelques échos amusants. Ne manquez pas, surtout, cette cérémonie, vous me chagrineriez beaucoup.

« Votre, de tout cœur,

AUGUSTINE-ALFRED GÉLIF.

Bigalle répondit :

« Chère Madame,

« N'exagérons pas. Je me permets, avec ma franchise habituelle, de trouver regrettable votre idée. Laissez donc à la fête des Rois sa grâce traditionnelle, sans la troubler par les échos de nos petits malentendus, qui ne sauraient, d'ailleurs, s'éterniser sans dommage pour nous tous. Évitons de donner à des électeurs de hasard un pareil mandat ! Pour moi, je suis plongé jusqu'au cou en ce moment dans une tâche qui m'absorbe et me prive de toute sortie. Acclamez tout bonnement un roi et une reine choisis au hasard de la galette ; buvez joyeusement à leur santé et, si vous le voulez bien, à la mienne. Je serai avec vous, de tout cœur.

« Croyez, etc…

« Fernand Bigalle. »

— Il y a quelque chose ! Il y a quelque chose ! Mais, quoi ? hurla Mme Gélif. Il faut pénétrer ce mystère à tout prix.

Ce fut un écho indiscret qui apporta la révélation attendue. Il parvint, crayonné de bleu par une main anonyme et adressé en double exemplaire à Mme Carlingue et à Mme Gélif. Il contenait ces mots, qui parurent tracés en lettres de feu aux deux dames consternées :

« Nos lecteurs savent quelle rivalité séparait jusqu'à présent le salon G.l.f du salon C.r.i.g.e. L'un s'enorgueillissait du patronage de F. r..n. B.g.ll. ; le second était présidé par le Célèbre compositeur L.n.u.a.t. Le public s'amusait fort de cette lutte à coups d'épingles. Il ne s'amusera plus, le public ! Nous apprenons aujourd'hui de source certaine que le combat va cesser de la plus heureuse façon. Grâce à l'heureuse entremise d'un charmant poète, un peu oublié, M. Cy..i.n Je..s…et, les adversaires d'hier deviennent des collaborateurs. M. J.s…et écrit un livret d'opéra tiré d'une œuvre de jeunesse de F…a.d B.g.ll. Et L.n.u.a.t qui n'avait rien donné à ses admirateurs depuis sept ans, en écrit la musique.

« Tout le monde applaudira au succès de cet opéra. Tout le monde, sauf deux maîtresses de maison que cette collaboration rend au néant dont elles étaient un moment sorties. »

Cette révélation parvint aux intéressées le matin par le premier courrier. À midi et demi, M. Jeansonnet, frais et dispos, se présentait chez les Gélif pour déjeuner. Tel Royer-Collard recevant Alfred de Vigny, Mme Gélif accueillit dans l'antichambre son vieil

XVI. — RETOUR AU FOYER CONJUGAL.

ami et lui opposa le visage le plus rogue, le plus doctrinaire.

— Lisez, lui dit-elle en brandissant le fatal papier.

— On ne voit pas bien clair ici, balbutia le pauvre homme.

Il eût volontiers ajouté, comme l'auteur de *Servitude et grandeur militaires* : « Il fait assez froid dans votre antichambre ; j'ai peu l'habitude de cette chambre là. » Mais Mme Gélif n'eût pas répondu comme Royer-Collard : « Monsieur, je vous fais mes excuses de vous y recevoir. » Elle se contenta de tourner le commutateur électrique. M. Jeansonnet ajusta en tremblant son binocle et lut l'écho.

— Démentez-vous ? interrogea brièvement Mme Gélif.

— Oui et non. Écoutez, chère amie…

— Je suis fixée.

— J'ai agi pour le bien de tous. Vous verrez.

— Nous cherchions le traître. Nous l'avons trouvé. Vous recevrez de mes nouvelles. Sortez, monsieur. Eusèbe ! Reconduisez M. Jeansonnet.

Le domestique n'était pas là ; mais Mme Gélif trouvait fort digne cette conclusion théâtrale. Elle ajouta encore :

— Nous ne vous connaissons plus.

M. Jeansonnet descendit lourdement cet escalier qu'il venait de gravir d'un pas allègre. À vrai dire, il baissait la tête, comme un coupable. En route, il récapitula tout haut ce qui venait de se passer : « Et dire que tout cela est de la faute de ces jeunes gens !… Cela m'apprendra à favoriser les amoureux… Il te faut maintenant aller jusqu'au bout, Mascarille ! « *Et quoiqu'un maître ait fait pour te faire enrager — Achève pour la gloire et non pour l'obliger…* » Cette furie a raison… Je n'aurais pas dû… Il fallait prévenir… Dans l'antichambre !… Elle m'a reçu dans l'antichambre… Cyprien Jeansonnet, on vient de t'appeler traître… et tu t'es mis dans une situation telle que tu n'as pas pu protester… J'ai mal agi, certainement… Elle m'a dit : « Vous recevrez de mes nouvelles ! » Si la pièce est jouée, nous pouvons compter sur une jolie cabale… Hélas ! le Seigneur m'est témoin que je n'ai pas agi par ambition personnelle… Mais les apparences sont contre moi. »

En rentrant chez lui, M. Jeansonnet se mit au lit et, avec des yeux de biche aux abois, se voua à sa femme de ménage.

— Vous claquez des dents, lui fit observer celle-ci, ça doit être un tour d'estomac, ou ce qu'on appelle une grippe infecte ; mais je n'ai pas peur de l'attraper et je vous soignerai bien. Faut provoquer d'abord une réaction. Je vais vous apporter des couvertures, un édredon et si vous voulez me remettre une cinquantaine de francs, je vous confectionnerai le remède du Dr Poivrot. Croyez-moi, c'est le meilleur. Il s'agit de verser dans une bonne casserole une bouteille de cognac et un litre de vin de Champagne. On boit ça chaud et on ne sent plus son mal, à ce qu'il paraît. Je dis à ce qu'il paraît, parce que vous pensez bien que je n'ai point expérimenté : ce ne sont pas des potions pour le petit monde.

— Madame Guandéavalli, gémit M. Jeansonnet, je ne me sens, pas bien du tout : C'est une contrariété.

— Eh ! parbleu ! la lame use le fourreau... Vous êtes toujours à vous tourmenter, au lieu de prendre le temps comme il vient et comme il s'en retourne. Je vous recommande la drogue du Dr Poivrot, parce qu'elle donne des forces au sang pour lutter contre les nerfs. J'en prendrai un peu avec vous et ça me remontera, car je suppose que nous allons passer quelques nuits blanches avant de vous sortir de là, mon pauvre monsieur !...

M. Jeansonnet dut l'envoyer tout de suite prévenir Fernand Bigalle qu'il ne pourrait aller chez lui dans l'après-midi. Il attendit sa réponse dans une solitude absolue et d'autant plus impressionnante qu'il entendait le ronronnement du boulevard.

« Quelqu'un ! supplia-t-il. N'importe qui, mais quelqu'un ! Quelqu'un !... La solitude est l'amère rançon de la liberté... À quoi pourraient me servir Bigalle... ou Lanourant, ces vieux garçons maladroits !... J'aurais besoin d'être dorloté, consolé... Hélas ! Je vais peut-être mourir, parce que j'ai commis une forfaiture... par faiblesse... Il ne fallait pas, Jeansonnet, il ne fallait pas !... »

La fièvre aidant, il se mit à récapituler son existence. Il se trouvait maintenant des torts vis-à-vis de tout le monde et même de sa femme :

« On se croit parfaitement bon, gémit-il, on se croit une petite merveille isolée sur la terre, mais quand sonne l'heure de la vérité, on s'aperçoit que l'on a été un homme comme les autres, meilleur que les pires peut être... tout au plus... et encore... Je te demande pardon Mme Jeansonnet... je te demande bien pardon, ma femme ;

XVI. — RETOUR AU FOYER CONJUGAL.

j'ai mal agi envers toi… »

À ce moment, Mme Guandéavalli se préparait à rentrer, ramenant derrière elle Mlle Estoquiau, déléguée par Bigalle qui avait l'âme tendre, mais qui fuyait la société toujours attristante des malades…

— Entendez-vous ? Il est avec sa femme ! chuchota Mlle Estoquiau. Je vais m'en aller.

— Voulez-vous parier, déclara Mme Guandéavalli, qu'il cause, tout seul ! C'est toujours son habitude ; à plus forte raison quand il fait comme qui dirait du paludisme !

Elle ouvrit la porte et s'écria :

— Tenez ! Je vous l'avais dit !… Il n'y a pas plus de Mme Jeansonnet ici que dans le creux de ma main. Vous avez le délire, mon pauvre monsieur ; mais je vous amène cette dame.

— Oui, c'est moi, murmura Mlle Estoquiau. On ne va pas vous laisser tout seul, bien sûr. Comment vous sentez-vous ?

— Désemparé, soupira M. Jeansonnet. Ah ! ma chère demoiselle, que c'est aimable à vous d'avoir monté ces six étages pour rendre visite à un vieil homme dans son lit et l'entendre radoter. Vous voyez, voilà mon palais ! C'est gentil dans la belle saison. Il y a des capucines à ma fenêtre et un beau morceau de ciel !… Madame Guandéavalli, s'il vous plaît, faites-nous un peu de feu… Une grosse bûche… et puis vous pourrez vous en aller, mais revenez dès que vous le pourrez… Positivement, ma chère demoiselle, je me sens mieux depuis que vous êtes là… Ah ! la bûche flambe déjà… Je l'entends gronder… Vous pouvez lever la trappe, madame Guandéavalli… On ne croirait pas qu'il y a des cheminées aussi bonnes dans une aussi petite chambre… Êtes-vous bien au moins Mademoiselle Estoquiau ?… Merci infiniment Madame Guandéavalli, merci beaucoup… bonsoir !… C'est ma femme de ménage… une personne excellente… Oh ! mademoiselle Estoquiau… Il faut que vous sachiez… Il a paru un écho…

— Je le connais…

— Et Mme Gélif m'a mis à la porte…

— Et après ?

— J'ai des remords.

— Parce que cette dame aura désormais moins de monde à ses réceptions ? Avez-vous donc reçu pour mission dans ce monde d'achalander la foire aux vanités ? Vous n'êtes pas seul, puisque vous nous avez, Monsieur et moi. Je ne demande pas mieux que de vous soigner ; mais tombez sérieusement malade ; quant à votre chagrin actuel, il est grotesque, je ne vous le cache pas. Vous avez besoin de quelqu'un auprès de vous, vieil enfant ! Mme Jeansonnet n'a jamais su comprendre qu'elle devait vous servir de mère, bien qu'elle eût dix-sept ans de moins que vous ! Être la femme de son mari ce n'est pas bien difficile !… Le fin du fin, c'est de devenir sa maman.

Ayant ainsi exposé son opinion, Mlle Estoquiau redressa l'oreiller du malade, lui confectionna une tisane et lui ordonna de se reposer. Pendant ce temps, Mme Carlingue faisait contre mauvaise fortune bon cœur : « Je suis encore assez vaillante, décida-t-elle, pour trouver un autre grand homme et moins assommant que ce musicien de malheur. Je me suis laissé dire que les peintres étaient très drôles, Je pourrais commander mon portrait à un membre de l'institut. Cela serait un commencement… Je n'ai justement pas une photographie qui me satisfasse. » Mais elle manquait de conviction et son projet se heurta à l'hostilité Sourde de M. Carlingue qui en avait assez, déclara-t-il sans ambages. « N'espère pas un instant que je vais fermer mon salon, s'écria Mme Carlingue, outrée. Attendons plutôt que Lanourant et Bigalle se soient fâchés. Une bonne brouille est, en général, le résultat de toutes les collaborations et de toutes les associations. Patience ! »

Mme Jeansonnet avait organisé, ce jour là, un thé dansant. Un certain monsieur Esocien, obèse et qui Bostonnait pour maigrir, vint la trouver en soufflant très fort, la prit à part et lui confia :

— Il y a du nouveau. J'ai rencontré tout à l'heure un certain M. Mâchemoure que j'ai connu à Creville-sur-Mer et qui est venu à Paris pour visiter les fortifications avant qu'elles disparaissent. Ces gens de province sont plus au courant des petits faits de la capitale que nous mêmes qui y vivons. Il m'a montré un journal que j'ai acheté à votre intention et qui contient un entrefilet bien intéressant… Prenez-en donc connaissance.

Mme Jeansonnet lut rapidement.

— Je connaissais tout cela, dit-elle, mais il est, en effet, amusant que cela soit publié aujourd'hui. Est-ce tout ?

— Je sais aussi que votre mari est malade et qu'une demoiselle

XVI. — RETOUR AU FOYER CONJUGAL.

Estoquiau le soigne.

— Ah ! murmura Mme Jeansonnet…

Elle ne tarda pas à trouver sa réunion stupide. L'idée que l'homme dont elle portait toujours le nom était soigné par une autre, lui devenait insupportable. Vers six heures, elle n'y tint plus et congédia ses nègres. L'orchestre parti, les invités ne tardaient pas à en faire autant. Ils s'éclipsèrent. Mme Jeansonnet se couvrit d'un manteau, mit sur sa tête le premier chapeau venu, quand un sentiment bien pardonnable de coquetterie la fit revenir sur ses pas. Elle choisit avec soin un chapeau plus seyant, un manteau plus luxueux et sonna le valet de chambre.

— Deux couverts ce soir, lui dit-elle.

Et elle ajouta :

— Monsieur dînera probablement avec moi. Monsieur revient de voyage. Elle ne s'attarda pas à constater la stupéfaction qui se peignit sur les traits du domestique… Monsieur revenait ! Après tant d'années ! Monsieur que l'on considérait comme un mythe !

— Qu'il y ait du consommé froid ; monsieur aime beaucoup ça. Boulevard des Capucines, Mlle Estoquiau était partie, remplacée par Mme Guandéavalli qui n'avait pas tardé à en faire autant. M. Jeansonnet était en proie à une grande mélancolie. Bientôt la bûche qui flambait dans l'âtre s'éteindrait. Une sorte de fumée rousse éclairait la fenêtre ; c'était la joie des autres qui montait jusque là… M. Jeansonnet entendit un pas et espéra qu'il s'arrêterait devant sa porte. Il s'arrêta. Mme Jeansonnet, émue, se recueillait. Je vais lui dire, pensa-t-elle : « Cyprien, c'est moi. Veux-tu que tout soit oublié ? J'espère que tu n'es pas trop souffrant et que je vais pouvoir te ramener à la maison. Embrassons-nous. » Elle tourna la clef. Ô force de l'habitude ! Quand Mme Jeansonnet se trouva en face de son mari, ce furent d'autres mots qui lui vinrent aux lèvres :

— Cyprien, murmura-t-elle, je suppose que tu vas pouvoir te lever…

M. Jeansonnet balbutia ;

— Oui, certainement… Je te remercie d'être venue.

— Il y a un désordre fou ici. Tu seras mieux a la maison.

— Sans doute.

— Je te connais : tu prendrais encore des drogues.

— Oui…

— Il ne faut pas te laisser aller…

— Non.

— Alors, je t'attends en bas dans la voiture. Secoue-toi. À tout à l'heure.

M. Jeansonnet se secoua. Quelques minutes après, il jetait un dernier regard à la mansarde où il avait vécu ses dernières années de libre bohème et de solitude. Et le soir, il dînait en face de sa femme. La vie reprenait. Mme Jeansonnet avait fleuri l'appartement. La docilité de son époux la touchait, bien qu'elle n'en fît rien paraître. Seulement, sa voix prenait une inflexion si douce, qu'elle même en était surprise. Il ne fut pas question du passé. Après lé dîner, Mme Jeansonnet conduisit son mari dans un cabinet de travail qu'elle avait gardé tel que le pauvre homme l'avait laissé. Il versa quelques larmes en retrouvant sa table, ses livres et le vaste fauteuil dans lequel il méditait ces œuvres qu'il n'écrivait jamais Il prit les mains de Mme Jeansonnet.

— Je te remercie, dit-il. J'ai pu mal agir envers toi. Ma grande erreur, vois-tu, a été de m'imaginer toujours meilleur que les autres. Alors, je ne me suis pas perfectionné… Mais aujourd'hui, je me rends compte et je te demande pardon. Veux-tu que nous allions à Nice, au bon soleil ? Parle, tu seras désormais obéie !

— Tu n'étais pas malade, répliqua Mme Jeansonnet. Tu as une santé excellente. Je te connais. Ce son les remords qui te mettent au lit. Tu t'es bien assez ennuyé en vivant comme un ours, dans cette horrible cage et en ne voyant que les Gélif. Maintenant que tu as un appartement confortable et que tu es rentré chez toi, il faut te distraire. D'abord, ne dois-tu pas collaborer avec Bigalle pour le livret des *Corybantes* ?

— Si.

— Tu vas te dépêcher de confectionner ça. Tu peux avoir terminé dans un mois en t'y mettant avec courage. Nous organiserons la lecture ici. Tu ne lis pas mal. Nous donnerons la primeur des *Corybantes* à une cinquantaine de personnes et on fera passer une note pour donner un peu de publicité à l'ouvrage tout de suite. Est-ce entendu ?

— Oui.

— Bigalle, Lanourant et leurs amis pourront venir régulièrement chez toi, cela sera un excellent terrain de conciliation et nous aurons, sans aucun effort, le premier salon de Paris. D'ailleurs, je ne suis pas méchante et je veux surtout, dans l'avenir, éviter toutes les disputes et toutes les brouilles. J'inviterai donc à la lecture des Corybantes, les Gélif et les Carlingue.

— Ensemble ?

— J'entends être douce et aimable envers tout le monde, mais ce n'est pas une raison pour m'empêcher de m'amuser un peu !

XVII. — LE BIENFAIT DES DIEUX.

Accoudé à sa table de travail, M. Jeansonnet écrivit les Corybantes en trois semaines. M. Lanourant brûlait d'impatience et résumait ainsi son esthétique littéraire : « Trala la laire — tra la la la — trala la laire tralala. Là-dessus, je me charge de composer un chef-d'œuvre. » Le démon qui l'incitait, jadis, à rimer des épigrammes, poussa M. Jeansonnet à faire un livret dont le sens profond devait échapper à tout le monde. Par ces personnages qui hurlaient et se disputaient sans trêve pour couvrir les vagissements de Jupiter au berceau, il entendit symboliser les vaines criailleries de ce bas monde. Un rôle de femme lui donna beaucoup de mal et il dut le recommencer plusieurs fois pour que ni Mme Jeansonnet, ni Mme Carlingue ne pussent se reconnaître. Il épointa les traits et estompa si bien les allusions que la clef de cette œuvre malicieuse resta à jamais secrète.

M. Jeansonnet était heureux. Quand il abandonnait son porteplume, il considérait les êtres et les choses avec une bienveillance épanouie. Il rêvait d'embrassades et d'une réconciliation générale, sans se douter que les événements qui se produisaient en dehors de lui allaient bientôt le satisfaire. M. Carlingue, retrouvant M. Gélif dans le petit café où ils devisaient chaque jour lui dit :

— Alfred, n'as-tu pas remarqué que ton fils s'absentait régulièrement tous les mercredis après-midi ? Mon ami, en un mot comme en cent, ton fils aime ma fille, ma fille aime ton fils. Ils se retrouvent comme nous nous retrouvons ici ; seulement, eux, c'est au Musée du Louvre. Suzanne vient de me livrer sa confession complète. Elle espère arracher le consentement de sa mère en lui laissant entrevoir la possibilité d'une fusion des deux salons sous la double dit à Suzanne. Elle m'a répondu que, seule, la féerie lui paraissait réelle, qu'impossible n'était pas un mot français, etc.

Les deux pères étaient d'accord. Les mères devaient céder, elles aussi. M. Jeansonnet avait invité tout le monde à la lecture des Corybantes, bien que Mme Jeansonnet, dont la devise restait : « Diviser pour régner » n'augurât rien de bon d'un tel rapprochement. Mais les haines s'effondraient devant l'amour. Et Suzanne s'était jurée de vaincre.

Donc, devant cinquante personnes muettes et attentives, M. Jeansonnet lut la pièce, flanqué à droite de Bigalle et à gauche de Lanourant. On fut d'accord pour estimer que l'auteur s'était inspiré des plus plates productions de Scribe, mais on couvrit sa lecture d'applaudissements enthousiastes. Puis, Lanourant daigna faire entendre un petit morceau, embryon de ce qui serait l'ouverture. L'auditoire étant très fatigué et désireux de passer à des divertissements moins austères, on organisa un petit bal et il fut remarqué que Suzanne Carlingue dansa exclusivement avec Lucien Gélif. Dans un coin, les deux mères renouaient connaissance :

— J'ai eu le plus grand mal, dit Mme Gélif, à convaincre Alfred, qui est très têtu quand il en veut à quelqu'un. Cette querelle devenait stupide, mais il y avait nos maris.

— Suzanne, fit Mme Carlingue, avait dansé déjà avec votre Lucien, mais la petite masque m'avait trompé sur son identité. Enfin, tout est bien qui finit bien…

Vers le milieu de la soirée, Mme Jeansonnet prit son mari à part :

— Ce mariage est dirigé contre moi. On veut faire un salon unique et je n'existerai plus… Mais, mon cher Cyprien, ne croyez donc pas le monde créé à votre innocente image ! Bigalle est très mécontent de votre travail…

— C'est impossible !

— Mlle Estoquiau vient de m'assurer qu'il avait été à deux doigts de refuser son autorisation, D'autre part, je viens de l'entendre qui disait à Mme Chevêtrier : « Il a assassiné mon rêve de jeunesse » et elle confirmait : « C'est un meurtre ! »

— Il ne s'agissait peut-être pas de moi.

XVII. — LE BIENFAIT DES DIEUX.

— Mettons qu'il s'agissait du grand Turc. Il nous reste Lanourant. Quoi que vous propose cet imbécile, acceptez, acceptez, acceptez ! Remaniez, coupez, rognez, remplacez, biffez, ajoutez ! Lanourant est notre planche de salut. Bigalle refusera de se plier à ses caprices et, dans quinze jours, ils ne correspondront plus que par l'intermédiaire d'un huissier. C'est fatal. Quant aux Gélif et aux Carlingue, je les attends aux discussions sur la dot. Sachons donc attendre. Mais il n'y a plus une erreur à commettre. J'aurai le dernier mot.

Le front resté candide de M. Jeansonnet se voila. L'harmonie resterait donc toujours un vain mot... Mais Lucien et Suzanne passaient devant lui et M. Jeansonnet murmura : « Non ! non ! ce n'est pas un vain mot. » Tout s'arrangerait, à peu près, comme s'arrangent les affaires humaines. Et il quêtait des approbations autour.de lui. Fernand Bigalle lui en voulait un peu parce qu'il aurait désiré qu'on arrangeât les *Corybantes* sans rien modifier ; Mme Gélif lui gardait rancune, bien qu'elle lui fît excellente figure ; Mlle Estoquiau lui marquait la froideur d'une femme dédaignée ; et sa propre femme, Mme Jeansonnet, le soupçonnait d'avoir favorisé au-delà des limites permises la réunion des couples ennemis. M. Jeansonnet, qui avait un besoin désordonné d'être aimé, souffrait de ces légers malentendus qui persistaient comme subsiste en un ciel bleu quelques nuages noirs, annonciateurs d'orages futurs. Mais M. Jeansonnet n'était pas de ceux qui prédisent : « Il pleuvra demain. » Il réunissait ce soir-là, chez lui, tous ceux qu'il aimait et il en concevait une grande joie. Il ne cherchait pas au delà. Il résolut de tout arranger.

— Chère amie, confia-t-il à Mme Gélif, vous resterez tout de même la seule femme, du monde de ce temps qui sache recevoir. Vous avez la finesse diplomatique qui convient. Mme Carlingue ne sera jamais une artiste. Enfin, si les réceptions ont lieu chez vos enfants, vous serez, ne l'oubliez pas, la mère du maître de la maison, c'est-à-dire la souveraine maîtresse.

À Mme Carlingue, il dit :

— Ces enfants vont avoir le salon le plus couru de Paris. Le vôtre, chère madame, car vous serez la mère de la maîtresse de maison et l'on ne s'y trompera pas ; c'est vous qui recevrez, comme vous savez recevoir.

À Bigalle :

— J'ai massacré votre œuvre, mais on se reportera aux *Corybantes* et la critique me reprochera doucement mon méfait. Votre gloire n'en sera qu'agrandie !

À Lanourant :

— Adressez-vous à moi pour toutes les modifications. Je ne suis qu'un ouvrier et je me plierai à toutes les exigences de votre génie.

À sa femme :

— Tout le monde est d'accord pour estimer que vous triomphez et que, quoi qu'il advienne, votre salon défie dorénavant toutes les concurrences.

Il allait ainsi de l'un à l'autre, versant le baume d'ingénieuses flatteries sur toutes ces vanités blessées. Vers minuit, Lanourant et Bigalle prirent congé de lui.

— Je serai, lui dit Bigalle, le témoin de Lucien. Après quoi, je vous le dis en confidence, je ne sortirai plus qu'une fois par semaine pour aller au cirque. La vraie littérature me paraît avoir trouvé son dernier refuge chez les clowns.

— Et moi, je serai le témoin de Suzanne Carlingue ; il faudra me mettre en habit noir, soupira Lanourant. Je vous accompagnerai au cirque, cher ami ; il n'y a plus que là que l'on joue de la musique qui me plaise.

— Tout va bien ! Tout va très bien, conclut M. Jeansonnet ; ma femme et moi, nous irons au cirque avec vous ; je lui ferai comprendre que les salons passent de mode. Et elle m'écoutera. Nous n'en sommes pas à un miracle près. Le bonheur est entré dans nos foyers. Comme il a eu raison celui qui écrivit : « L'amitié d'un grand homme est un bienfait des dieux. »

— De deux grands hommes, rectifia Lanourant avec modestie.

FIN

ISBN : 9783967870053

CPSIA information can be obtained
at www.ICGtesting.com
Printed in the USA
BVHW031054181019
561475BV00003B/795/P